在流水的深处马蹄声碎

黄河文库·
　　文学黄河

孟宪明　总主编

黄河现代诗歌选

HUANGHE XIANDAI SHIGE XUAN

张爱萍
杨碧海　选注
张晗冰

河南大学出版社
HENAN UNIVERSITY PRESS
·郑州·

图书在版编目（CIP）数据

黄河现代诗歌选/张爱萍，杨碧海，张晗冰选注．
— 郑州：河南大学出版社，2020.8
（黄河文库．文学黄河）
ISBN 978-7-5649-4419-3

Ⅰ．①黄⋯ Ⅱ．①张⋯②杨⋯③张⋯ Ⅲ．①诗集—中国—现代 Ⅳ．① I226

中国版本图书馆CIP数据核字（2020）第154802号

丛书策划	孟宪明　于华龙
责任编辑	姜　畅
责任校对	辛德萱
装帧设计	翟淼淼　高枫叶　郭　灿
出版发行	河南大学出版社
	地址：郑州市郑东新区商务外环中华大厦2401号　邮　编：450046
	电话：0371-86059750（高等教育与职业教育出版分社）
	0371-86059701（营销部）
	网址：hupress.henu.edu.cn
排　版	河南大学出版社设计排版部
印　刷	河南瑞之光印刷股份有限公司
经　销	全国各新华书店
版　次	2020年8月第1版　**印　次** 2020年8月第1次印刷
开　本	787mm×1092mm　1/16　**印　张** 20
字　数	305千字　**定　价** 168.00元

（本书如有印装质量问题，请与河南大学出版社联系调换）

壶口瀑布　摄影 / 王伟

明代河防一览图（局部）

激情与涛声

孟宪明

一

1985年春天，上海一家出版社邀约一套姊妹书《黄河古诗选》和《长江古诗选》，我和朋友们选择了第一本。那时候年轻，对此书究竟意味着什么并不明晰，一做才发现此书之不易。此时，中国大型的古诗集只有《先秦汉魏晋南北朝诗》和《全唐诗》，其他诗作必须从各种各样的合集、别集以及个人的集子中寻找。我们在图书馆整整钻了三年，才对从《诗经》到清末历代诗人作品中的"黄河诗"有了一个大致的了解。此时的中国社会已经深深地进入了市场经济，"赚不赚钱"成了出版的重要指标。直到1989年，此书才由河南的中州古籍出版社出版。五年真诚的"黄河"追索，让我们对黄河文化的宽广度与幽深度有了深刻的洞悉，"黄河"，砥砺成之后我几十年生活中尖锐的警觉和敏感。

2020年1月3日，当我和郑州市惠济区的有关领导坐下来讨论"黄河"的时候，四千年前的大河村先民正在黄河边汲水晚炊，三千年前的商都天空上晚霞正艳，两千年前的《郑伯克段于鄢》正式开启春秋时代的瑰丽文脉，而黄河岸边的鸿沟里正飘荡着同楚汉相争时一样的暮云……亘古不息的黄河水在惠济区的土地上铺展着五十余里的激流与涛声。商定的结果，恰与两个月前我们策划的丛书不谋而合。天时。地利。人和。一套丛书悄然启动。

谁也没有想到，二十天后，十四亿国人会被一种无可感知的病毒所折磨、所震惊，会被一座坚强的城市所激动、所感奋。我们知道我们会胜利，但我们不知道我们会在何时胜利。时间停了下来，停在了这个猝不及防的时刻。

空间停了下来，停在了这个让人讶异的陌生之地。天下事变成了一件事。但是，我们的丛书没停。

二

河流产生文明。古巴比伦、古埃及、古印度、华夏中国，四大文明古国，无一不是河流的成功。

每条河流都有自己的性格和禀赋。这种独特的性格和禀赋必然赋予文明不同的基因，进而左右着文明的命运甚至生命。四大文明古国灭亡其三，难道与河流的性格和禀赋没有关系吗？换句话说，四大文明古国唯华夏之独存，中华文明与黄河的性格和禀赋没有关系吗？

黄河的独特之处在哪里？

此话题本应该先说黄河，但它让我想起来的首先是两则神话，一则是《女娲补天》，一则是《大禹治水》。

《淮南子·览冥训》云："往古之时，四极废，九州裂，天不兼覆，地不周载。火爁焱而不灭，水浩洋而不息。猛兽食颛民，鸷鸟攫老弱。于是女娲炼五色石以补苍天，断鳌足以立四极，杀黑龙以济冀州，积芦灰以止淫水。苍天补，四极正，淫水涸，冀州平，狡虫死，颛民生。"

面对超巨的自然灾害，伟大的女娲昂然而起，炼石补天，积灰止水。她没有逃避，没有退缩，更没有倒下。她是我们既高深辽远又近可视听的共同的老祖母。

四千年前的一场洪水，产生了华夏民族的又一个英雄，那就是从父亲的尸体边站起来的大禹。十三年治水不止，三过家门而不入。

《尚书·禹贡》云："导河积石，至于龙门；南至于华阴；东至于厎柱；又东至于孟津；东过洛汭，至于大伾；北过降水，至于大陆；又北，播为九河，同为逆河，入于海。"

司马迁的《史记·封禅书》说："昔三代之君，皆在河洛之间。"三代者，夏、商、周之谓也。夏、商、周者，中华民族之祖源也。而河洛，则是黄河与洛水的相会之处。"关关雎鸠，在河之洲。"中华民族第一部诗歌总集的第一首诗，就唱响在水汽氤氲的黄河沙洲。

可否这样想，如果没有女娲补天的心灵导引，没有大禹治水的宏伟实践，黄河会是今天的样子吗？中国的山川地域会是今天的样子吗？华夏民族的性格和命运会是今天的样子吗？

黄河造就了黄河流域。黄河产生了黄河文明。而我们这一切，包括女娲之补天、大禹之治水，皆是其性格所造成的。换言之，中华民族历数千年而繁荣不息，同样是黄河的性格和禀赋所造成的。黄河从源头起步，千转百绕，九曲回肠，接纳了无数的沟涧溪川、泉脉细流，奔腾而下，在无际的土地上走过千里万里，宽广而汹涌，宽阔而多变，宽厚而易怒，宏富而尖刻。它是阴阳之和、美丑之和、善恶之和，是深刻的对立统一的矛盾综合体。

"一石水，八斗泥。"民间的谚语准确地讲述着黄河的性格与特点。黄河不仅给我们送来了用之不尽的水源，还创造了下游数十万平方公里的冲积平原。正是永无止息的黄河水和黄河水带来的冲积平原，才在很大程度上决定了很早就起步了的农业文明。农业文明是聚居文明，是一家一户一氏族一部落的聚居文明。正是这样的文明形态，产生了"女娲补天"式的不朽的祖先崇拜。祖先崇拜的最大特点是不排他。我祖英明，你祖也可英明。我崇拜我的祖先，你也可崇拜你的祖先。正是这种不排他的信仰崇拜，使这块古老的土地上从未发生过灭绝人寰的宗教战争，而始终葆有旺盛壮健的民族血脉。这是一方面。

另一方面，在华夏先祖"近取诸身，远取诸物"的哲学意识观照下，定阴阳，作八卦，观察、思考周围的世界，黄河，必是先人们基本的对象。黄河接纳了无数的沟涧溪川而形成浩洋不息的奔腾之势，必定震撼过先祖们的英灵。大禹率领天下万邦合力治水而使万流归宗，更是在形式上、思想上、制度上，完成了千年以降的"融合和一统"。这是以接纳对接纳、以融合对融合、以一统对一统的治水战争，也是一场民族团结与民族融合的革命，更是一场对于黄河的学习、实践与礼遇。

站在大历史、长时空的角度讨论黄河与黄河文明，我们发现：

正是始于农业文明的不排他的祖先崇拜，而使很多个部落最后成为一个浩荡的民族。这是人类内心的动力驱使所致，属于主观世界的一次渐进式革命。

正是因为黄河的泛滥和对天下万邦的组织与引领，才使得无数个松散的部落与氏族最后成为一个浩荡的民族。这是对历史演进的客观概述。

主观意义的祖先崇拜和客观意义的万邦统汇，构成了华夏民族之所以绳绳不息的重要因素。华者，华胥氏之女娲伏羲之华也。夏者，大禹建夏而万邦一统之夏也。华夏，之所以成为中华民族的族徽与旗帜，实肇于奔腾的黄河和悠久的文明。我们说黄河是母亲河，不仅仅指"养育"，更指的是"化育"。

三

黄河有两个标识：一是文字上的，一是地理上的。

文字上的标识穿透时空，占领的主属时间，历朝历代，垒垒如高筑之台。

地理上的标识穿透时空，占领的主属空间，大河上下，煌煌如不朽神谕。

搜集之。记录之。梳理之。研究之。这是我们必有的功课。我们的民族性格、文化心理、思想意识、精神现象，皆由此而源起。中华民族的伟大复兴皆应有此一课。记录重要的地理标识而使其文字化、数字化、抽象化；整理与研究历代的典籍，而使其清晰化、条理化、具象化。这是我们具体的方向与方法。

我们可以不做，或者浅尝辄止，像历朝历代那样，浑然于黄河之滨吗？

不能。

因为复兴之途的中华民族到了需要总结的时候。

我们要明晰我们的民族标识。

我们要准确我们的文化标识物。

包容与抗争。忍让与搏杀。博大与幽深。丰厚与锋利。阴阳表里虚实寒热。中华民族宽广幽微的精神世界皆由此而源起。

黄河里，有我们的民族属性。

尼罗河。印度河。黄河。底格里斯河和幼发拉底河。河流于茫茫时空中不息奔涌。古埃及，古印度，古巴比伦，血脉折断，高幕长谢，相继走进深渊般的历史，只留下一痕轻轻的涟漪。河水奔腾，涛声仍然。听涛的已非斯人。而跃下龙门口，穿越砥柱山的，还是那支"天下黄河几十几道湾"的船歌！这是我们的光荣与使命。

黄河，孕育了华夏文明和绳绳不息的华夏子孙，也养育了整个流域里的千亿万亿的生命，会飞的，会游的，会跑的和不会飞、不会游、不会跑的，甚至那些亿万年才可变化的山峰、石梁和岸边那一枚枚石子和沙砾。这是一个庞大的黄河家族，而黄河，是所有生命和生灵的家长。

我们是黄河的子孙。我们受赐于黄河。面对黄河，我们要有子孙的心态和子孙的思考。

四

河流产生于风云际会。如果风云际会的不是黄河，我们当然也会追上另一条河流。如果是那样，我敢保证，今天的我们肯定不是今天的样子。我不敢保证，我们不会像古埃及、古印度、古巴比伦那样高幕长谢。

历史像一条缥缈细弱的丝巾，随时都可能飘散或者折断。在时空的长路里，仅仅人类，就有过多次的飘散与折断。历久弥坚、历久弥新的，只有华夏，只有这一群黄皮肤的华夏子孙。而这群子孙的出发地和坚守地就是黄河和黄河岸边的这片黄土。

没有文字的时候，我们认那些用符号沟通天地的人为神。

不识电力的时代，我们称那些走过长空的闪电为神。

那么，从黄河到黄土，到黄帝，到黄种人，亿万斯年长流不止的河水变成一条穿越时空、奔流不息的血脉。生产。生活。生殖。生命。每一滴流出的鲜血都带有黄河噌吰的涛声。在这个时空般生生不息的传递中，没有堪作"神明"的存在吗？怎样认识和理解？怎样继承与超越？未经证明的未必不存在。正因于此，国人才一次又一次地喊出了天地间的神秘之语：天佑中华！

黄河是人类文明史上唯一一条一直在哺育着同一个民族的大河。它像自己从无断流一样，用从无断流的黄河水哺育着一个从无断流的黄皮肤的民族。在我们的血管里，同时轰响着两道泉脉的亘古涛声。

我们要像对待伟大的先祖一样，常怀谦卑与景仰，跪下黄金般高贵的膝头。我们要从祈求、诅咒、治理甚至战胜的思考中走出来，上升为爱护黄河、保护黄河、尊崇与礼拜黄河的高度。

五

正基于此，我们组织编写了这套《黄河文库·文学黄河》。

《黄河文库》共有四部分内容，即：自然黄河，人文黄河，文学黄河，区域黄河。《文学黄河》是其规模化的起始，内容包括古代诗歌，古代词曲，古代谣谚，古代散文，神话，传说以及现代诗歌和散文等。挑选，依作品内容之质量；编排，依作者生平之先后。不以人废言，不以名取文。披沙淘金，艰难爬梳。因为我们都是黄河的子孙。

除了内容，书中还编配了两千一百余幅黄河或者与黄河有关的图片。标题图，张扬黄河；随文图，阐释黄河；而一千三百余幅页眉图，囊括了文化的、宗教的、艺术的、山石草木鸟兽虫鱼的诸多面貌。图片的内涵与张力自会溢出文字的叙述。图文并茂，互为助益，焕发出策划者与著者、编者的构想与神采。

面对黄河，我们神思飞越。

面对黄河，我们默然长醒。

这只是开始，前行的道路一定还远。

二〇二〇年八月十九日十二时卅分于豫州混沌斋初成。

廿五日午时四改。秋云如絮，七夕至矣。无不惬意。

无不舒服。感激之情沛然而生。

目　录

路易·艾黎　黄河……………………………………………001
苏金伞　我们同属于黄河家族………………………………004
艾　青　风陵渡………………………………………………006
光未然　黄河颂………………………………………………008
阮章竞　壶口…………………………………………………010
穆　旦　三门峡水利工程有感………………………………012
周启祥　在黄河岸边所见灾荒景象…………………………014
郭小川　我们歌唱黄河………………………………………017
青　勃　黄河的独白…………………………………………020
塞　风　黄河啊黄河…………………………………………022
管　桦　将军渡………………………………………………024
牛　汉　黄河与鲤鱼…………………………………………027
贺敬之　三门峡——梳妆台…………………………………029
丁　芒　壶口瀑………………………………………………033
李　瑛　黄河落日……………………………………………035
公　刘　夜半车过黄河………………………………………038
雁　翼　黄河浪………………………………………………039
流沙河　车过黄河铁桥………………………………………041
昌　耀　河床…………………………………………………043
王绶青　黄河交响诗…………………………………………046
白　渔　约古宗列感受………………………………………052
朱增泉　又闻黄河怒涛声……………………………………054

桑恒昌	船行黄河入海口	056
王怀让	黄河	058
雷抒雁	父母之河	064
老　乡	长河落日	070
刘济昆	黄河石头记	071
高旭旺	砥柱石	073
彭金山	谒"黄河母亲"塑像	075
孔令更	黄河静静地流	078
徐明德	黄河飞舟	080
乔仁卯	走进中原　聆听黄河	083
李小雨	在黄河	086
赵丽宏	黄河故道遐想	088
阳　飏	黄河羊皮筏子	090
单占生	那年铜瓦厢芦花似雪	091
马新朝	幻河（节选）	096
	河问	097
尚飞鹏	黄河岸边	106
孔祥敬	黄河，桥映三章	108
倚云飞	黄河渡	113
陆　健	在太湖想黄河	115
枣红马	黄河挖泥船	117
郎　毛	黄土地，红头发	119
大　解	黄河	121
邓万鹏	分界线	123
英　伦	黄河的浪是娘的心做的	125
	黄河谣	126
杨　克	高天厚土	127
人　邻	暗夜：压在大河之上的飞雪	129
	河湾杂想	130
耿　翔	伏羲伏羲	132

曲　近	黄河第一弯	140
王久辛	只能是苦恋	142
李自国	黄河壶口大瀑布	145
耿占坤	黄河传（节选）	149
丛小桦	黄河上的几个著名渡口	154
邵　超	在黄河边漫步	156
吉狄马加	大河	158
刘向东	大河	168
柯　林	黄河	171
三色堇	遇见最好的水——母亲河	174
郭栋超	三江源　我们的三江源	176
刘高贵	在河源	179
洪　立	眺望黄河	181
郝子奇	风雪中的黄河	183
牛庆国	他看到了黄河	185
梦　也	想象：源头	187
远　村	醒来的不安	189
杨志学	大河的呼唤	191
张鲜明	到黄河岸边去	193
吴元成	黄河故事	196
孙友民	长河短唱	199
王桂林	三个人在河流上走着	203
高　凯	黄河是怎么经过兰州城的	205
杨　梓	九滴水	207
牛红旗	卡日曲，我遇见一滴水	209
李　山	命河（节选）	211
范恪劼	逆流河　顺流河	215
荣　荣	在黄河中下游分界碑	218
潘春生	黄河湿地，一次艳遇	220
冯　杰	黄河俳句（四首）	222

高金光	倾听黄河	224
萍　子	血脉	226
李智信	一把壶口	229
董进奎	渡黄河	231
霍竹山	黄河入海口的植物	233
古　马	渡口	235
天　宇	黄河石	238
马万里	黄河的女儿	240
艾　敏	黄河独语	242
宝　蘭	逆流而上	244
青　青	黄河俳句	246
马海轶	河要向北了	248
敕勒川	一只羊皮筏的黄河	250
白　麟	大河	252
朱欣英	黄河颂歌（节选）	254
李继宗	这个角度的兰州黄河两岸	256
于贵锋	傍水而居，或兰州记	257
雪　舟	黄昏时途经吴忠黄河大桥	259
长安瘦马	黄河安静得有些深邃	260
赵立功	又见黄河	261
单永珍	玛曲：黄河向西	265
田　君	黄河秋溯	266
连志军	黄河，故乡，涛声	269
唐兀特	花香与流水	272
熊元善	黄河雄鹰	274
郭建强	河源笔记	276
高亚斌	与黄河相遇	282
王　琪	黄河，流经沙坡头	285
段新强	看黄河	287
马　累	黄河口的秋天	289

梦　野	黄河	291
侯公涛	水润古城	292
樊　瑛	一帘挂面	295
马晓康	黄河	297
王小土	像黄河一样活着	299

河源之畔　摄影 / 陈维达

路易·艾黎（1897—1987），新西兰作家，1927年来中国。抗战开始后，积极支持中国抗战，向国外翻译介绍了许多中国诗歌。著有散文集、诗集《工合》、《山丹笔记之页》、《京戏》、《充满生气的北京的片断》、《今日中国》、《外蒙古之行》、《洪湖精神》，论著《中国：古代瓷窑和现代陶瓷》（与加纳西合著）等，此外还有《艾黎自传》《中国见闻录》等。

黄河

黄河，

中国的忧患，中国的希望；

它有时睡觉——一条银色的冰凌

躺卧在冰冻的黄土坡之间；

有时，静悄悄地在野地荒滩上爬行，

一到崎岖地带又飞奔于峡谷之间；

或者挟着滚滚激流，卷着旋涡，奔向

开阔肥沃的谷地，辽阔的平川，

孩子们冒着炎炎烈日在平原的缓流中

兴高采烈地嚷叫扑腾。

当它勃然大怒时，

气势汹汹，任何力量也不能阻挡，

仿佛从两万尺的高处

倾入黄海，

仿佛汇合了两万条溪河的洪流

夺路而出。

黄河——黎民,
就是黄河和黎明的人民,
经过若干世纪,渐渐融为一体。
藏族、回族、蒙古族和汉族
都靠黄河的水为生。还有牧人和农民。
明天,那些巨大的涡轮也要用这水
为广大地区的工业发电——
那么,它更象征着
一体。

顽强,有耐性,善良,甘肃的农民
慢吞吞走过他的瓜地,
瞧着那片树上成熟的果实——
苹果、梨、桃和杏——
瞧着他那些晒得黑黑的孩子
摆脱了臃肿的冬衣的约束
在给予生命、普照四方的阳光下嬉戏,
满怀喜悦,瞧着生活的美——其中融合着
摇曳的玉米、花儿,还有天空
那么蓝灿灿的,难得看见这样的蓝天变为
飞沙走石的狂风。

他也是这样。似乎难得见到他改变,
总是那么乐乐呵呵。不过,他一变脸
就会像突然刮起的狂风
那么凶猛,那么疯狂,那么粗暴。

人们知道

他也像黄河

从山上望去,显得那么平静,

闪烁着阳光,到了冬天

水晶般的冰亮晶莹,

不过,水下永远有一股股急流

向前奔涌,势不可挡。

对于这些人来说,千百年算得什么?

他们临死也相信,他们一定会在

孩子身上转生。这块土地是他们的,

混合着千百代人的尸骨。

这块土地生养着他们。

坚持不懈的奋斗,必将带来更充实的生活

——总有这一天。

【赏析】

　　新西兰作家路易·艾黎的这首诗《黄河》,写于20世纪40年代。他于1927年来到中国,长期在这里工作、生活,对黄河及黄河两岸人民的生活十分了解,感同身受。他的诗句朴实自然而又感情浓烈,就像静水流深的黄河,就像"慢吞吞走过他的瓜地"的"顽强,有耐性,善良"的中国农民,读之令人充满希望,肃然起敬!

苏金伞

（1906—1997），原名苏鹤田，河南睢县人。1926年毕业于河南省体育专科学校。历任开封第一高中、河南水利专科学校、河南省立女中教员，河南大学体育系主任、讲师，河南省文联专业作家，河南省文联第一届主席，河南省政协常委、人大代表。1932年开始发表作品，1949年加入中国作家协会。著有诗集《地层下》《窗外》《入伍》《鹁鸪鸟》《苏金伞诗选》《苏金伞新作选》等。

我们同属于黄河家族

我们同属于黄河家族

脉管里都有着黄河的血液

冲荡在巍峨嶙峋的山丛

曲折险阻

但坚定地奔泻

过厚的黄土层

加深了沿岸的夜色

而过多的泥沙

积淀成诗的沉郁

和难以松疏的淤结

新建成的黄河大桥

使我们的胸襟开阔了

黄河大桥

就是我们坦廓的胸脯

北方

千路万路奔聚在桥头

风
千里万里奔聚在桥头
在我们的胸脯上驰过吧
黄河在下面徐徐涌流

【赏析】

　　苏金伞的诗有一个突出的特点，就是朴素。臧克家先生对此大为称赞："朴素的不仅是诗的外貌，而是贯彻了整个诗体的那个灵魂……他的句子看上去很素净，没有斧凿的印痕，可是，味道却极醇，有点'土心'气，然而这却不是什么冲淡，反之，他的情感是颇为浓烈的"，这一特点同样体现在《我们同属于黄河家族》这首诗中。朴素、内敛、精妙而又充满张力的诗句，既有对历史文化的深刻反思，更有对新生活的无限期待，于朴实之中显奇崛，于朴拙之中见非凡。

黄河在下面徐徐涌流　摄影/孟宪明

艾青

（1910—1996），原名蒋正涵，号海澄，浙江金华人。曾任《人民文学》副主编、中国作家协会副主席等。著有诗集《向太阳》《大堰河——我的保姆》《黎明的通知》《海岬上》《归来的歌》，论文集《诗论》《新文艺论集》《艾青谈诗》等。

风陵渡

风吹着黄土层上的黄色的泥沙

风吹着黄河的污浊的水

风吹着无数的古旧的渡船

风吹着无数渡船上的古旧的布帆

黄色的泥沙

使我们看不见远方

黄河的水

激起险恶的浪

古旧的渡船

载着我们的命运

古旧的布帆

突破了风，要把我们

带到彼岸

风陵渡是险恶的

黄河的浪是险恶的

听呵

那野性的叫喊

它没有一刻不想扯碎我们的渡船

和鲸吞我们的生命

而那潼关啊

潼关在黄河的彼岸

它庄严地

守卫着祖国的平安

【注释】

　　风陵渡，位于山西省运城市芮城县，正处于黄河东转的拐角，是山西、陕西、河南三省的交通要塞，自古以来就是黄河上最大的渡口。

【赏析】

　　《风陵渡》写于1938年初，记录了艾青乘坐渡船从黄河到潼关去的心境。当时，中国士兵在津北线、在残壁废垒间浴血抗战。艾青为民族解放战争所振奋，从南方来到北方。他看到了抗战的持久与艰巨，也目睹了黄河流域民生之多艰。艾青的诗风同样在此诗中表现出来。诗歌平白晓畅，在看似平静的、不动声色的诗句之下掩藏着深沉的情感，蕴含着诗人对历史的认知，对现实的忧思，以及对光明永不妥协的追求。

临河　摄影/孟宪明

光未然（1913—2002），原名张光年，湖北光化人。1936 年在武汉发表歌词《五月的鲜花》，谱曲后在抗日救亡活动中广泛传唱。1939 年 1 月创作《黄河大合唱》，经冼星海谱曲后在延安首次上演，引起巨大反响，很快唱响全国。曾任中国作家协会书记处书记、党组书记，《文艺报》《人民文学》主编。发表大量文学、艺术评论，出版诗集《雷》《五月花》《光未然诗存》等。

黄河颂

（朗诵词）啊，朋友！黄河以它英雄的气魄，出现在亚洲的原野；它表现出我们民族的精神：伟大而又坚强！这里，我们向着黄河，唱出我们的赞歌。

我站在高山之巅，
望黄河滚滚，
奔向东南。
惊涛澎湃，
掀起万丈狂澜；
浊流宛转，
结成九曲连环；
从昆仑山下
奔向黄海之边。
把中原大地
劈成南北两面。
啊！黄河！
你是中华民族的摇篮！

五千年的古国文化,

从你这儿发源;

多少英雄的故事,

在你的身边扮演!

啊!黄河!

你是伟大坚强,

像一个巨人

出现在亚洲平原之上,

用你那英雄的体魄,

筑成我们民族的屏障。

啊!黄河!

你一泻万丈,浩浩荡荡,

向南北两岸,

伸出千万条铁的臂膀。

我们民族的伟大精神,

将要在你的哺育下

发扬滋长!

我们祖国的英雄儿女,

将要学习你的榜样,

像你一样的伟大坚强!

像你一样的伟大坚强!

【赏析】

　　《黄河颂》是光未然1939年春创作的组诗《黄河大合唱》八章中的第二章。诗人以澎湃的激情,歌颂了中华民族坚强不屈的民族精神,表达了中华儿女的坚强决心和一往无前的勇气。全诗情感悲壮激烈,语言精练奔放,意境开阔高远,气势磅礴,给人以强烈的精神震撼和鼓舞,至今仍被广为传颂,堪称经典之作!

阮章竞

（1914—2000），曾用名洪荒，广东中山人。诗人、画家。1949年发表长篇叙事诗《漳河水》，奠定了其在文学史上的地位。历任中国作家协会党组成员、北京市文联副主席、北京市作家协会主席等。出版有诗集《霓虹集》《迎春橘颂》《四月的哈瓦那》《阮章竞诗选》《晚号集》等。

壶口

仰望黄河天上来，
俯听雷潜河底吼。
流急水怒，泡沫喧腾，
巉岩震动地颤抖。
啊！壶口，壶口，
我惊赞黄河，
撑开群山两边站，
直起身来立着走！

湍急滚滚霍霍流，
一声雷鸣下太空，
隆隆长啸万千秋。
啊！壶口，壶口，
黄河不会老，
音响常新不倒喉！

古往今来，人人都说黄河暴，
我要替黄河说千个否！

水珠如烟，水花如雾，

常呵虹霓罩飞流：

红橙黄绿青蓝紫，

升腾舒卷婀娜轻柔柔。

要说黄河温存少，

请君晴天看壶口！

老记伤痕人易老，

常怕白头偏白头。

啊！壶口，壶口，

万古挫折，哪次曾使黄河瘦？

花岗岩硬水更硬，

镂空穿透磨成球，

风狂雨骤声更壮，

地塌天崩不退休：

直扑孟门出龙门，

长啸过中州，

奔腾向海流！

【赏析】

  阮章竞的这首诗，既有对壶口瀑布生动形象而不落窠臼的诗性表达，又超越了对物象的描摹，蕴含着诸多人生感悟。想象奇丽，用笔大胆，气势恢宏，雄放大气，可谓情景交融、情理交融。

穆旦

（1918—1977），原名查良铮，曾用笔名梁真，浙江海宁人。诗人、翻译家。中学时代即开始写诗。1935年入清华大学外文系，1940年于西南联大毕业后留校任教。1949年赴美国留学，1952年获文学硕士学位。1953年回国后在南开大学任教。著有诗集《探险队》《穆旦诗集》《旗》，译著《普希金抒情诗集》《拜伦抒情诗选》《雪莱抒情诗选》《济慈诗选》《唐璜》等。

三门峡水利工程有感

想起那携带泥沙的滚滚河水，
也必曾明媚，像我门前的小溪，
原来有花草生在它的两岸，
人来人往，谁都赞叹它的美丽。
只因为几千年受到了郁积，
它愤怒，咆哮，波浪朝天空澎湃，
但也终于没有出头，于是它
溢出两岸，给自己带来了灾害。

又像这古国的广阔的智慧，
几千年来受到了压抑、挫折，
于是泛滥为荒凉、忍耐和叹息，
有多少生之呼唤都被淹没！

虽然也给勇者生长了食粮，
死亡和毒草却暗藏在里面；
谁走过它，不为它的险恶惊惧？
泥沙滚滚，已不见昔日的欢颜！

呵，我欢呼你，"科学"加上"仁爱"！
如今，这长远的浊流由你引导，
将化为晴朗的笑，而它那心窝
还要迸出多少热电向生活祝祷！

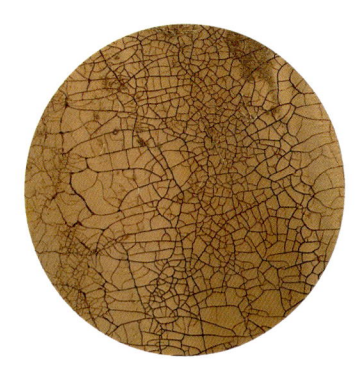

【赏析】

　　穆旦的一生充满坎坷。他用诗记下了自己对这个世界的感知，也用诗抒写出了他生命中"丰富而又丰富的痛苦"。作为"九叶诗派"的代表诗人，现代人所关心的人的内心困境及中华民族的苦难和希望是其诗歌的主体。这种强烈的爱国情怀和阔大的时代意识，在这首写于1957年的诗中同样触目可及。

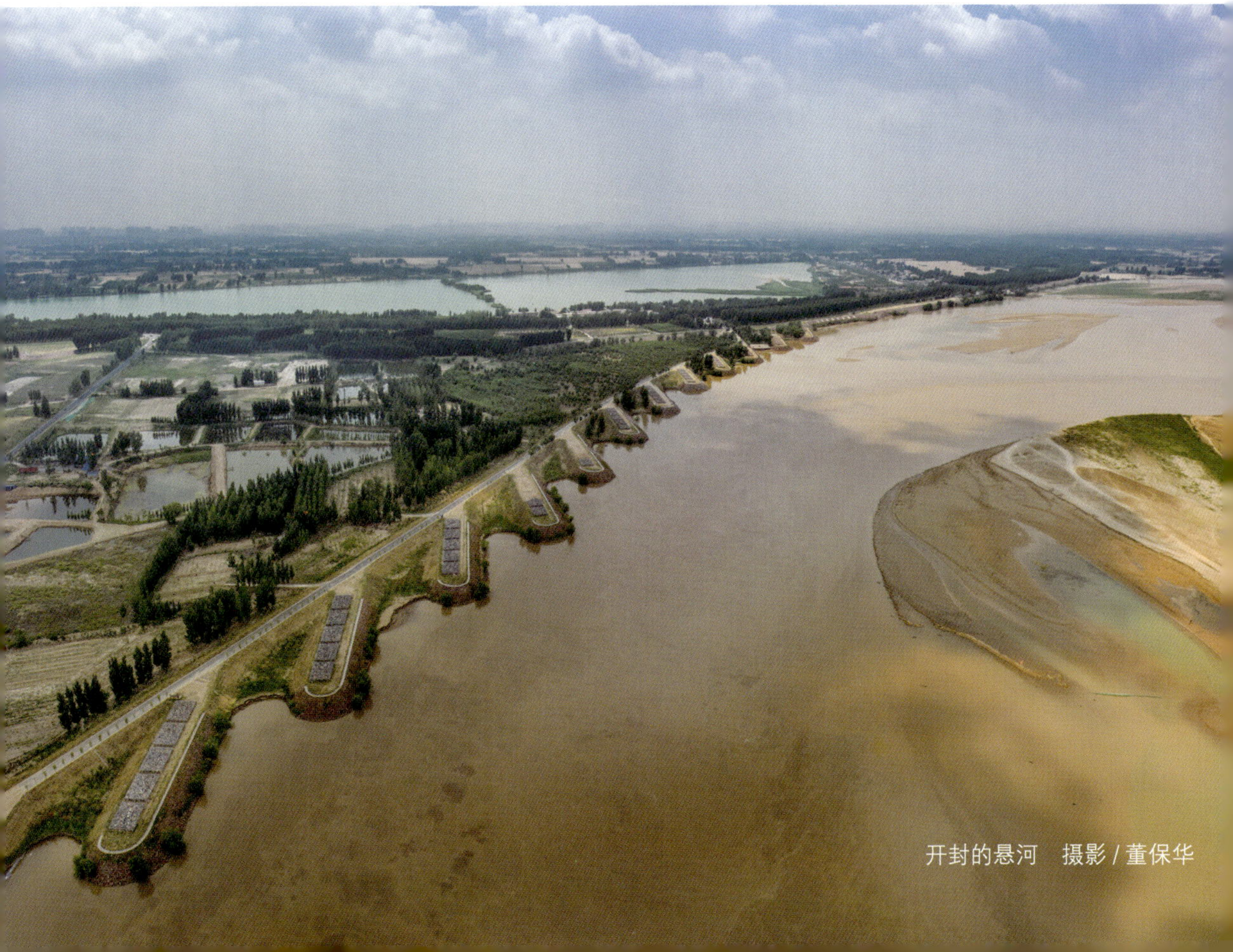

开封的悬河　摄影 / 董保华

周启祥

（1918—2003），生于开封，诗人、学者、教授。中共地下党员，1947年在北平被国民党逮捕；新中国成立后在中央机关工作过；抗美援朝战争时在志愿军总部工作；1954年到河南大学中文系任教，后被错划为右派；1979年在河南大学中文系恢复教学工作，晚年致力于20世纪30年代河南诗歌的收集整理工作，培养并影响了一大批校园诗人，有河南大学"诗歌教父"之称。

在黄河岸边所见灾荒景象

黄河滚滚千里的急流
带着震心夺魄的波涛远走

急流，似乎随时都要奔上岸来
把一些七零八落的村庄吞没

这一带，几十里肥沃的土地
已经有多半吞进黄河的嘴里

那些侥幸残存下来散落的庄稼
又被今年的春荒夺去

临河农民主要靠扫土熬盐
换一点儿可怜的麸皮过日子

住在半坍的小扒扒屋里
是由几根椽子搭起来的

就跟破庙似的
就跟风洞似的

瓦缶里,没有一丁点儿粮食
口袋里也是空空的

人们的脸铁青、灰黄或乌黑
没有一丁点儿血色

见天把黄河近处的浮木杂草
一一打捞上来

晒干,就是柴禾
做饭烧火不作难了

就是这样,一天天地
来把艰难的生命拖延

如果连这一点也做不到了
就会悄悄地来把大河的浪花拥抱

天啊!从这些一无所有的破烂衣袋里
老爷们,还能挤出一些什么来呢

【赏析】

　　1942年河南发生了震惊中外的大饥荒,当时周启祥先生作为"国际新闻社"晋冀鲁豫特约记者,亲身经历了这一大悲剧,并用诗的形式记录了这一大悲剧,使他的诗有了史诗一样伟大不朽的价值。《在黄河岸边所见灾荒景象》就是其中一首,用纪实的手法,客观再现了当年黄河岸边人们的苦难生活。著名学者任访秋教授说:"这是一组旧中国的农村灾荒图。如果要研究中国现代史,想了解30至40年代中国农村的面貌,启祥的这部分诗,可以与茅盾、叶绍钧、叶紫等人反映当时农村的小说相参一证。"

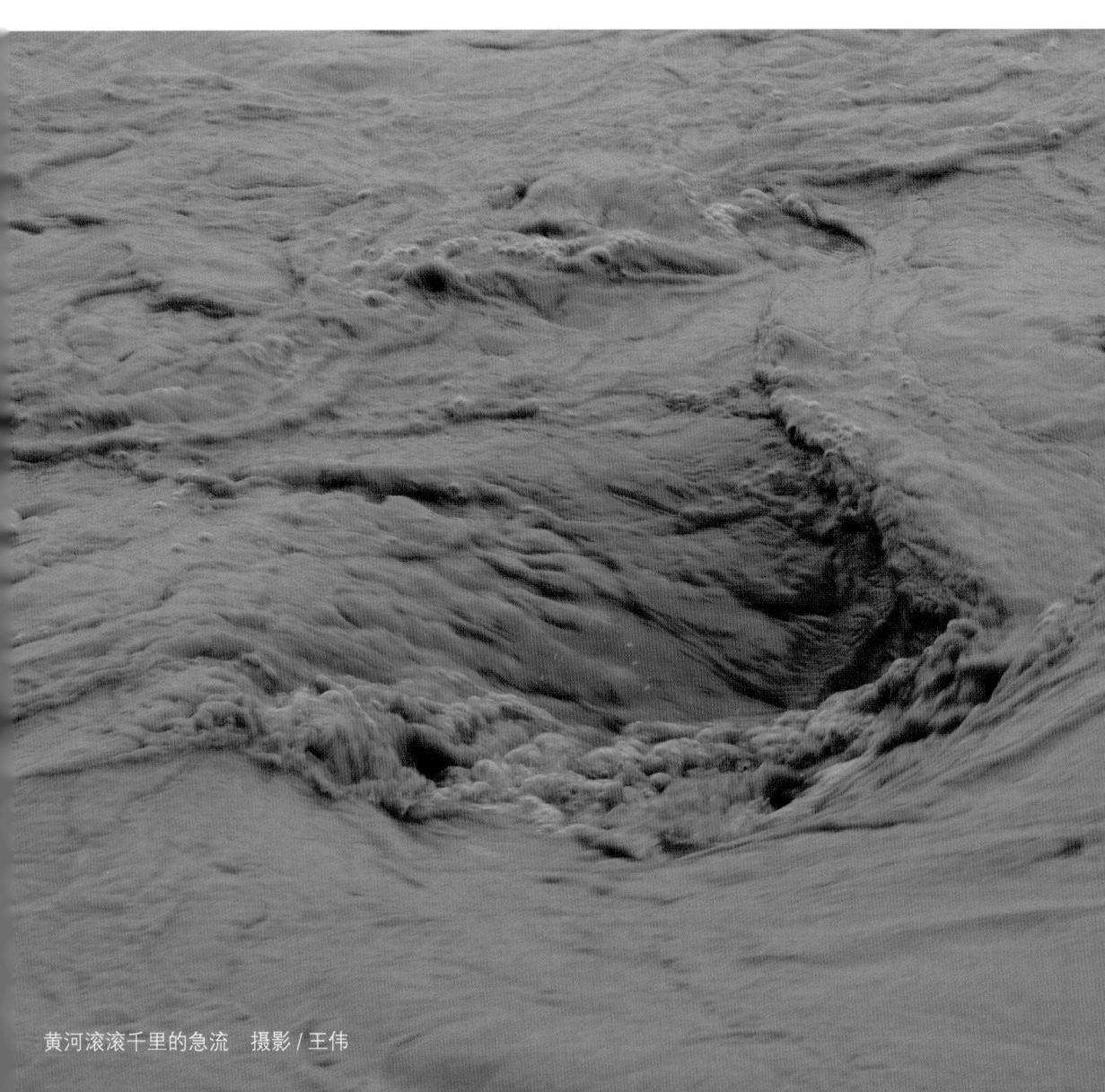

黄河滚滚千里的急流　摄影/王伟

郭小川

（1919—1976），河北省丰宁县人。历任冀察热辽《群众日报》副总编辑兼《大众日报》负责人，中宣部理论宣传处副处长、文艺处副处长，中国作家协会书记处书记等。主要著作有《团泊洼的秋天》《投入火热的斗争》《致青年公民》《将军三部曲》《甘蔗林——青纱帐》《昆仑行》等。

我们歌唱黄河

我们在河边上住了几百代，

我们对黄河有着最深的乡土爱。

我们知道河边上

　有多少村庄，

　　多少山崖；

我们知道

　什么时候浪头高，

　什么时候山水来；

　　我们歌唱黄河，

　　也歌唱我们的乡土爱。

来呀，

　今天这样好日子，

　为什么不唱起来！

来呀，

　今天这样好日子，

　你还把谁等待！

来呀，

　你们这脸上没有胡子的，

　　　　额上没有皱纹的，
　　　这正是我们歌唱的时代！
来呀，
　　你们这和强盗厮杀的战士们，
　　　　和浪涛搏斗的水手们，
　　　　和土地拼命的农民们，
　　　大胆地跳上舞台！

唱吧，
　　今儿天上没有阴霾，
　　我爱呼吸就呼吸个痛快；
　　今儿天上缀满星星，
　　给我们生命无限的光采；
　　今儿这广大的黄河西岸
　　　　是你的舞台，
　　　　是我的舞台，
　　　　是大家的舞台。

唱吧，
　　你敲家伙，
　　　　我道白，
　　扬起你的歌喉，兄弟，
　　泛起你的酒窝呀，朋友！
我们唱出黄河的愤怒，
　　　唱出黄河的悲哀，
让我们集体的歌声
　　　和黄河融合起来！

唱吧,

 我们的歌声

  不叫敌人过黄河!

唱吧,

 我们的歌声

  不许我们周围有破坏者!

我们不停息地唱,

我们不停息地歌,

 直到这北方的巨流——

  属于工人的河,

  属于农民的河,

  属于学生旅行的河,

  属于青年人唱情歌的河,

  属于将士胜利归来饮马的河……

那时候,我们站在河岸上,

 静静地听

  黄河给我们唱

  最动人

  最快乐

  最幸福的歌。

【赏析】

  这首诗1940年5月4日写于陕北绥德。作者深受《黄河大合唱》感染,情不自禁地随着大合唱的节拍歌唱,仿佛融进了大合唱的队伍。此诗情感跳跃而灵动,畅想瑰丽而多彩,欢乐之情溢于言表。

青勃（1921—1991），河北隆尧人。1942年开始发表作品，1949年加入中国作家协会，历任《河南文艺》《奔流》编辑部副主任、编委，河南省文联专业作家，河南省作家协会副主席等。著有诗集《号角在哭泣》《巨人的脚下》《鼓声》《引玉集》《绿叶的声音》《黎明的故事》等18部。

黄河的独白

我是黄河

我是长江的兄弟

我是雪山的乳腺

我是华夏的摇篮

我是伏羲的赶山鞭

我是大禹胯下的龙

我是光明的孵卵器

我繁殖着地上的群星

我是黄河

我是一把锋利的古剑

我是大地的雕刻刀

我是辉煌的铜号

黎明跃动时的钟声

我是欢乐的笑纹

我是悲苦的浑浊的眼泪

我的呼吸使石破天惊

我是黄河

我的爱有嵌入地层的深度

我的心有扇形的宽广

我有力的抛物线和弧形

我有从天上到人间的追求

我的方向永远向大海向东

我是奔流时的风暴

我是向世界发言的雷霆

【赏析】

  青勃的这首《黄河的独白》，看似以黄河的名义独白，实则是诗人以及所有华夏儿女的心声。历史的黄河、文化的黄河、地理的黄河、精神的黄河尽现笔端，惊人之句如黄河浪花般不动声色层层涌来。

黄河的独白　摄影/王伟

塞风（1921—2004），本名李根红，河南灵宝人。历任洛阳《行都日报》副刊编辑，武汉《大刚报》编辑，《胶东文艺》月刊编辑，《山东文艺》月刊编辑，河南省文联常委、创作部副部长，济南市文联专业作家，济南市作家协会名誉主席。著有诗集《天外，还有天》《北方的歌》《母亲河》，散文集《痕》，短篇小说集《人民的声音》，中篇小说集《共同上升》等。其中《母亲河》（诗集）、《痕》（散文集）获济南精品工程奖。

黄河啊黄河

我是炎黄的子孙

一生紧连着黄河

黄河是我的感情线

又是我命运的绳索

我落草了

呱呱于黄河边的茅舍

最初的瞳仁里

印上一道黄的曲波

黄沙漫漫

遮住了日月

连母亲的奶汁

也黄得似乳酪

我的摇篮曲

就是掀动天地的黄河

无边的风卷沙

几乎糊住了我的耳朵

只有黄河的怒吼

才是真正的浩歌

我幼小的生命

承受着沙轮的打磨

自天而降的大河

给了我多少狂热

那沙滩上的皱纹

教会了我思索

谁料黄涛卷走了庄稼

也冲洗了我的村落

我沿河而上

一步一个沙窝

终于一个纪律严明的队伍

吸收了我

新的共和国诞生

摇落了历史的残叶

黄河与我生死与共

教我高唱现实的歌

【赏析】

  人们称塞风是"黄河之子"。黄河是母亲河,是他的生命之乳,他唱道:"黄河、长江／我两行浑浊的眼泪"。写黄河就是写塞风自己,"染黄我的须眉／填平我的皱纹／／你这神奇的雕塑家／不停地将我雕刻"。塞风歌唱黄河,黄河雕刻塞风,二者相辅相成,肝胆相照。

管桦

（1922—2002），原名鲍化普，河北丰润人。1942年开始发表作品，1949年加入中国作家协会，历任中央乐团创作员、北京市文联主席、中国作家协会北京分会主席等。著有《儿童诗歌选》《管桦文集》（六卷）等。中篇小说《小英雄雨来》及同作曲家合作的歌曲《快乐的节日》《我们的田野》《听妈妈讲那过去的事情》等均获大奖。

将军渡

1947年秋天，解放军反攻的时候，刘伯承将军带领大军从山东寿张县渡口过黄河。是夜，黄河有大风浪。但大军上船，忽然风平浪静，平安渡过黄河。从此，这一带人民称寿张县渡口为"将军渡"。

山东大路千万条，
遍地红旗飘飘。
烟尘卷着马刀，
飞云掠过大炮，
转眼已过山河万座桥。

一轮红日西落，
已是茫茫夜色。
将军刘伯承，
飞马来到大渡口，
马在风中嘶叫，
风在浪涛上吼。
将军挥手，大军上船渡急流。

渡船千万艘,
将军站立在船头。
船头好似将军台,
浪涛滚滚涌上来。

暴风吹得刀枪呜呜响,
吹得马鬃飞扬。
渡船在旋转,
渡船在摇荡。

战士们在船上,
将军立身旁。
远望河对岸,
烽火燃烧大别山,
虎狼盘踞在山间。

啊,黄河,黄河,
快收起风波,
跟我大军渡黄河。

浪涛在大军脚下伏倒,
暴风躲入云霄。
千万艘渡船过水面,
好像飞鸟穿云间,
人马跃进大别山。

【赏析】

面对如此重大的历史场景，诗人惜墨如金，意气沉稳，如将军稳操胜券，使历史风烟如在目前，让人有身临其境之感！

那条河悄悄流进血脉　摄影／孟宪明

牛汉（1923—2013），蒙古族，山西定襄县人。历任人民文学出版社党委委员、《中国文学》执行副主编、《新文学史料》主编、中国诗歌学会副会长、中国作家协会全国委员会名誉委员等。著有长诗《鄂尔多斯的草原》，诗集《彩色的生活》《祖国》《牛汉诗选》，以及诗话集《学诗手记》《梦游人说诗》等。诗集《温泉》获全国优秀新诗集奖，十余篇诗文入选人教版教材及中国香港和韩国的学生课本。

黄河与鲤鱼

黄河

你多么高傲啊

弃绝水草和浮萍的爱抚

弃绝太阳和云朵亲昵的投影

你甚至憎恶地不断地冲毁着

与你相依为命的河岸

黄河

高傲的黄河

你永远不能

从你似乎可以吞没一切的激流里

赶走一条鲤鱼

倔强的鲤鱼

经过千千万万代的死死生生

学会了在泥浆似的激流里

睁着圆圆的眼睛，一眨不眨

学会了在恶浪与恶浪的隙缝中
从容地呼吸
学会了迎着你的逆流冲刺

还学会了用剑一般的鳍
和闪着血光的锋利的鳞片
划开你的胸膛
向太阳飞跃
飞跃得比你的浪头还要高

【赏析】

　　牛汉是时代浪涛中的硬汉，即使在困难的状况下，他仍能以各种题材展现自己昂奋不羁的坚强人格，抒发自己充满深邃人性的情思。他的大部分作品托草木以言志，借鸟兽以抒情，寄托着作者坚强的性格和不屈的意志，为人们塑造了生命蓬勃而壮烈、渴望自由和奋斗的崇高的艺术意象。

黄河石　摄影/孟宪明

贺敬之

1924年生,山东峄县人(今枣庄),1942年毕业于延安鲁迅艺术学院文学系。曾任中宣部副部长、文化部代部长、中国文联第四届委员、中国作家协会第三届副主席、中国戏剧家协会第三届书记处书记。著有诗集《回延安》《雷锋之歌》《乡村的夜》《放歌集》《贺敬之诗选》等,是歌剧《白毛女》文学剧本主要执笔。

三门峡——梳妆台

望三门,三门开:
"黄河之水天上来!"
神门险,鬼门窄,
人门以上百丈崖。
黄水劈门千声雷,
狂风万里走东海。

望三门,三门开:
黄河东去不回来。
昆仑山高邙山矮,
禹王马蹄长青苔。
马去"门"开不见家,
门旁空留梳妆台。

梳妆台呵,千万载,
梳妆台上何人在?
乌云遮明镜,

黄水吞金钗。
但见那：辈辈艄公洒泪去，
却不见：黄河女儿梳妆来。

梳妆来呵，梳妆来！
——黄河女儿头发白。
挽断"白发三千丈"，
愁杀黄河万年灾！
登三门，向东海：
问我青春何时来？！

何时来呵，何时来？……
——盘古生我新一代！
举红旗，天地开，
史书万卷脚下踩。
大笔大字写新篇：
社会主义——我们来！

我们来呵，我们来，
昆仑山惊邙山呆：
展我治黄万里图，
先扎黄河腰中带——
神门平，鬼门削，
人门三声化尘埃！

望三门，门不在，

明日要看水闸开。
责令李白改诗句：
"黄河之水'手中'来！"
银河星光落天下，
清水清风走东海。

走东海，去又来，
讨回黄河万年债！
黄河女儿容颜改，
为你重整梳妆台。
青天悬明镜，
湖水映光彩——
黄河女儿梳妆来！

梳妆来呵，梳妆来！
百花任你戴，
春光任你采，
万里锦绣任你裁！
三门闸工正年少，
幸福闸门为你开。
并肩挽手唱高歌呵，
无限青春向未来！

【注释】

　　相传大禹治水，挥神斧将高山劈成"人门""神门""鬼门"三道峡谷，引黄河之水滔滔东去，三门峡由此得名。梳妆台是屹立于黄河三门峡峡谷中的一个小岛（巨石），状如梳妆台，故名。

【赏析】

　　1958年3月,贺敬之有感于中国在黄河中游修建三门峡水利枢纽工程而创作了一组诗歌,其中以《三门峡——梳妆台》最为引人关注。此诗抒写了一位当代诗人面对自然的豪迈之气、面对苦难的战斗之志、面向历史的超越之志。艺术结构巧妙周密,抒情委婉而曲折,气象广阔而宏大。

黄河东去不回来·摄影/王伟

丁芒

1925年9月生,江苏南通人,本名陈炎,现居江苏南京。中国作家协会会员、中华诗词学会顾问、中华诗学研究会名誉会长。1942年开始发表作品,出版有新诗集《欢乐的阳光》《寒村》《枫露抄》《我是一片绿叶》及各种诗词集、散文集、散文诗集、诗论集、小说集、书法集等50余部。《苦丁斋笔记》系列获1990年金陵文学奖,《当代诗词学》获2000年首届龙文化金奖。

壶口瀑

倾神州西部半壁
倒提阴山万壑水
向这壶口灌来

万龙,万马,奔起尘烟
龙身翻腾,马鬃飞扬
浩荡而来,呼啸而来
挟风挟雨而来

带着黄土和汗珠
带着纯朴与热烈
向这倒悬的钟,撞去
撞出东方的雷霆

于是,挝响了太岳、太行
冲得潼关直晃
于是,东南倾斜了

余音顺坡荡送千里

是谁拿着这酒壶
谁滔滔斟着这琼浆
东岸的吉县,西岸的宜川
是壶的两只耳柄

【赏析】

　　从抗日战争的烽火中开始生命的吟唱,80载书写万余首激荡的诗篇,著名诗人丁芒九十六年的人生经历充满传奇。他的笔调幽默诙谐,痛快淋漓,小中见大,寄意遥深。从《壶口瀑》这首诗里,我们可以看出其诗的气度。

大河奔涌　摄影/王伟

李瑛

（1926—2019），河北省丰润县人。1943年开始诗歌写作，曾任解放军文艺出版社总编、社长，总政治部文化部部长，中国作家协会主席团委员，中国文联副主席，中国诗歌学会副会长等职。出版六十多部诗集、诗论集。其中《我骄傲，我是一棵树》曾获1983年首届全国诗集评选一等奖，诗集《生命是一片叶子》获首届鲁迅文学奖全国优秀诗歌奖，《我的中国》获全国优秀图书奖。

黄河落日

等了五千年
才见到这庄严的一刻
在染红一座座黄土塬之后
太阳，风风火火
望一眼涛涌的漩涡
终于落下了
辉煌地、凝重地
沉入滚滚浊波

淡了，帆影
远了，渔歌

此刻，大地全在沉默
凝思的树，严肃的鹰
倔强的陡峭的土壁
蒿艾气息的枯黄的草色

只有绛红的狂涛

长空下，站起又沉落

九万面旌旗翻卷

九万面鼙鼓云锣

一齐回响在重重沟壑

颤动的大地

竟如此惊心动魄

醉了，洪波

亮了，雷火

辛勤地跋涉了一天的太阳

坐在大河上回忆走过的路

历史已成废墟

草滩，燔火

峥嵘的山，固执地

裸露着筋络和骨骼

黄土层沉积着古东方

一个英雄民族的史诗和传说

远了，马鸣

断了，长戈

如血的残照里

只有雄浑沉郁的唐诗

一个字一个字

像余烬中闪亮的炭火

和浪尖跳荡的星星一起

在蟋蟀鸣叫的苍茫里

闪烁……

【赏析】

"每个人都生活在自己所处历史阶段和社会生活之中,被称为民族触觉和神经的诗人,更应意识到自己的担当,以诗人所应具有的激情,关注那些每月每天、每时每刻发生的或即将发生的人们的喜怒哀乐和深刻的现实。诗人应该是生活的积极创造者、见证者、讲述者和传承者,诗人应该是不懈追梦的人,歌唱的人。"诗人李瑛是这样说的,也是这样做的。他的这首大气磅礴、想象丰富、充满激情、内涵深刻的诗便是明证。

黄河落日　摄影/孟宪明

公刘

（1927—2003），原名刘仁勇，江西南昌人。1939年开始写诗，1948年参加革命工作，曾随部队进军大西南。历任《诗刊》编委、安徽文学院首任院长等职。著有诗集《边地短歌》《在北方》《离离原上草》《公刘诗选》《仙人掌》等。参加了民间长诗《阿诗玛》的收集整理（与黄铁、杨知勇、刘绮共同整理），又以民间传说和歌谣为基础，写作了长诗《望夫石》。

夜半车过黄河

夜半车过黄河，黄河已经睡着，

透过朦胧的夜雾，我俯视那滚滚浊波，

哦，黄河，我们固执而暴躁的父亲，

快改一改你的脾气吧，你应该慈祥而谦和！

哎，我真想把你摇醒，我真想对你劝说：

你应该有一双充满智慧的明亮的眸子呀，

至少，你也应该有一双聪明的耳朵，

你听听，三门峡工地上，钻探机在为谁唱歌？

【赏析】

  这首诗写于1955年5月27日。当时三门峡黄河大坝水利工程方案已被通过，全国注目。公刘的诗有着鲜明的个性特色，意象奇特，想象丰富。他善于捕捉生活场景中的特殊细节，具体、生动而深刻。

雁翼

雁翼（1927—2009），原名颜洪林，河北馆陶人。1956年加入中国作家协会，文学创作一级。1949年开始发表作品，著有诗集《大巴山的早晨》《白杨颂》《雁翼抒情诗选》，诗论集《诗的信仰》以及《雁翼选集》（4卷）等共70多种。作品被译成多种文字在国外出版。诗集《东平湖的鸟声》、《紫燕传》获得全国少儿文学作品优秀奖。

黄河浪

邀一天水鸥，

乘一只木舟，

一片白帆风拉纤，

船在浪上游。

大黄河呵大黄河，

我要把你看个够，

看你堤里的庄稼，

谷子垂头高粱醉了酒；

看你堤外的杨柳林，

枝叶迎风乐悠悠；

看你千里黄沙岸，

水闸电站手拉手；

看你的激流呵，

大浪小浪无尽休……

船在浪上走呵，

思绪荡心头，

大黄河呵大黄河,

我共过欢愁的战友。

过去没有仔细把你看,

是因为把一切交付了战斗;

过去没有仔细把你看,

是因为爱你爱得太深厚;

过去没有仔细把你看,

誓把愿望留在胜利后。

胜利后呵,

重来游,

新景旧景望个够,

新旧思绪理出头。

揣一怀激浪,

又到远方走,

不避雪千尺,

不躲风雨骤,

走遍世界不忘本,

心随黄河向东流……

【赏析】

  雁翼的作品雍容博大,扎根人民大众,关注历史和时代,不仅有对生活的热爱,对人生的思考,更有对社会和命运的忧思。细读此诗,字字句句,似浪花朵朵,荡人心怀……

流沙河

（1931—2019），本名余勋坦，四川金堂人。1979年加入中国作家协会。中国作家协会理事、第七届全国委员会名誉委员。著有《农村夜曲》《告别火星》《流沙河诗集》《写诗十二课》《十二象》《流沙河诗话》《南窗笑笑录》《流沙河随笔》《流沙河近作》等诗集、诗论集、散文随笔集多种。诗作《就是那一只蟋蟀》《理想》被中学语文课本收录。

车过黄河铁桥

九曲十八湾，黄河，

你来自荒凉的朔漠。

下高原，

奔龙门，

到中州。

浩浩荡荡东流去，

不见南北两岸。

但见你那拍天的黄波，

神秘，豪雄，古老，

多像我亲爱的中华民族。

我是如此渺小，

是你狂涛中的细沙一颗；

我是如此伟大，

从你的汪洋上高飞而过。

人间有的是路，

虽然曲折坎坷。

不到黄河心不死，

如今活着，

又过黄河！

【赏析】

　　流沙河的诗既是他内心真情的自然流露，又在抒情之中蕴含着人生哲理。诗人善于托物言志，既有古典诗韵又有民歌情调，显示出深沉庄重、寓意深远的艺术境界。

黄河入海口的芦苇成了风景　摄影/侯全亮

昌耀 （1936—2000），原名王昌耀，湖南桃源人。1954年开始发表诗作，代表作有《划呀，划呀，父亲们！》《慈航》《意绪》《哈拉库图》等。出版诗集《昌耀抒情诗集》《命运之书》《一个挑战的旅行者步行在上帝的沙盘》《昌耀的诗》等。

河床

我从白头的巴颜喀拉走下。

白头的雪豹默默卧在鹰的城堡，目送我走向远方。

但我更是值得骄傲的一个。

我老远就听到了唐古特人的那些马车。

我轻轻地笑着，并不出声。

我让那些早早上路的马车，沿着我的堤坡，鱼贯而行。

那些马车响着刮木、像奏着迎神的喇叭，登上了我的胸脯。轮子跳动在我鼓囊囊的肌块。

那些裹着冬装的唐古特车夫也伴着他们的辕马谨小慎微地举步，随时准备拽紧握在他们手心的刹绳。

他们说我是巨人般躺倒的河床。

他们说我是巨人般屹立的河床。

是的，我从白头的巴颜喀拉走下。我是滋润的河床。我是枯干的河床。
　我是浩荡的河床。

我的令名如雷贯耳。

我坚实宽厚、壮阔。我是发育完备的雄性美。

我创造。我须臾不停地

向东方大海排泻我那不竭的精力。

我刺肤纹身,让精心显示的那些图形可被仰观而不可近狎。

我喜欢向霜风透露我体魄之多毛。

我让万山洞开,好叫钟情的众水投入我博爱的襟怀。

我是父亲。

我爱听兀鹰长唳。他有少年的声带。他的目光有少女的媚眼。他的翼轮双展之舞可让血流沸腾。

我称誉在我隘口的深雪潜伏达旦的那个猎人。

也同等地欣赏那头三条腿的母狼。她在长夏的每一次黄昏都要从我的阴影跋向天边的彤云。

也永远怀念你们——消逝了的黄河象。

我在每一个瞬间都同时看到你们。

我在每一个瞬间都表现为大千众相。

我是屈曲的峰峦。是下陷的断层。是切开的地峡。

是眩晕的飓风。

是纵的河床。是横的河床。是总谱的主旋律。

我一身织锦,一身珠宝,一身黄金。

我张弛如弓。我拓荒千里。

我是时间,是古迹。是宇宙洪荒的一片腭骨化石。是始皇帝。

我是排列成阵的帆樯。是广场。是通都大邑。是展开的景观。是不可测度的深渊。

是结构力,是驰道。是不可攻克的球门。

我把龙的形象重新推上世界的前台。

而现在我仍转向你们白头的巴颜喀拉。
你们的马车已满载昆山之玉,走向归程。
你们的麦种在农妇的胝掌准时地亮了。
你们的团圞月正从我的脐蒂升起。

我答应过你们,我说潮汛即刻到来,
而潮汛已经到来……

【赏析】

　　昌耀的诗以张扬生命在深重困境中的亢奋见长,感悟和激情融于凝重、壮美的意象之中,将饱经沧桑的情怀、古老开阔的西部人文背景、博大的生命意识,构成协调的整体。

河源牦牛　摄影／陈维达

王绶青

1936年生,河南卫辉人。曾任河南省文联专业作家、河南省作家协会副主席、《莽原》杂志主编。1955年开始发表作品,以写诗为主,兼及散文、小说、文学评论并攻研书法,1979年10月参加第四次全国文学艺术工作者代表大会并加入中国作家协会。出版诗集多部,作品曾获多种奖项并被翻译介绍到国外,部分诗作被选入《中国新文艺大系诗歌卷》等数十种选本及高等院校文科教材。

黄河交响诗

——小浪底之歌

一

四月　细雨霏霏中

登北邙山　回首王屋

两峰对峙　烟云氤氲

黄河　泻天而来　奔海而去

扑入小浪底

这最后一道峡谷

一队诗人　结伴壮游　采风

好一番淋漓尽致的

感情投放　梦的追逐

黄河源

巴颜喀拉山　的的喀喀湖

像一只宝瓶　亿万斯年　清流脉脉

哺神州大地　以圣洁的乳

于是　有了

蓝田猿人　仰韶文化　大汶口文化

有了半坡氏族　石器　陶罐

以及结绳记事　河图洛书

黄河　你胸襟前　闪耀着

兰州　银川　包头　郑州　济南

一串历史名城

你桂冠上　辉煌着

长安　洛阳　开封

一座座中国古都

映照着秦宫汉阙

流淌着唐诗宋词

回荡着晨钟暮鼓

你酿造了多少　神话　传说　故事

风靡了多少　人物　文物　风物

这就是黄河文化　我们的根

这就是中国历史　我们华夏民族

二

黄河　你流的是乳　也是血泪

馨香中掺着　腥咸　酸楚

那沟壑纵横的黄土地

先民的家园　曾几何时

田园漠化　土地龟裂　山野童秃

风来　飞沙走石　黄天黄地

雨来　水土流失　泥浆泥瀑

天烤地烙　热沙烫得禾苗枯死

眼睁睁

守着黄河吃不上水啊

山梁上　飘来阵阵信天游

年年夏秋洪汛　防不胜防

岁岁冬春凌灾　掀房拔屋

镇河的铁牛

镇不住你　决口　泛滥

一幕幕悲剧　惨剧

演义在你的水湄　河洲

八千里路跋涉　过重过多的载负

黄河累了　步履有些蹒跚

君不见

开封的悬河　泛区的沙丘

济南以东　河床时时断流

黄河啊　你依然是

我们民族的　心腹之患

千卷书也写不尽　你的功罪荣辱

三

为了不欠子孙债

为了分解后人忧

在这大落大起的　世纪之交

中国　毅然选择了小浪底

一项　世界上最具挑战性的工程

兴建在　这沉睡千年的峡谷

一坝巍然屹立

指令黄河　破天荒　第一次

按照人的意志　改道

在洞府里沐浴　脱胎

更换禀赋　容颜以及装束

还漠野以绿色

缀山河以明珠

啊　沸腾的小浪底

品味着你的　文化意蕴

探研着你的　科技内涵

更领略你的　超凡气度

那神秘的　暗道机关洞中洞

那绝妙的　导流泄洪河上河

那奇特的　隐形电站楼下楼

国人赞叹

世人折服

诗人歌哭

为了你　防患千年一遇的　承诺

十二亿　炎黄子孙

将憧憬　希冀　心愿连同血肉

一起　在这里浇铸　雕镂

创造一件　中国水利史上

扛鼎之作

一代风流　代代风流

四

人说　你像一台织机

金梭银梭　在织黄河锦绣长卷

我说　你像一架巨型钢琴

浪花是五线谱

声情激越

新的黄河交响诗　在临风吟哦

涛飞波涌

新的黄河大合唱　正火爆演出

曲阜的孔夫子　闻讯赶来

韩城的司马迁　闻讯赶来

还有　巩县的杜甫　河阳的韩愈

兰考风尘仆仆的焦裕禄

齐唱一曲《中国娃》

民族精神在升腾啊

一个音符　万丈情愫

大河上下　中华风骨

五

圣人出　黄河清

尔来四万八千岁

终于赶上了好年头

百里库区　梦的港湾　爱的海

映着洛阳千株牡丹

映着龙门万尊石佛

映着王屋山前愚公村

映着天坛峰下银杏树

映着希望小学的新校舍

映着库区移民的新房屋

映着共和国的山山水水啊

垒成方块　是诗歌

泼成线条　是画图

西边是　五千年的明月

东边是　二十一世纪的日出

黄河啊　母亲河

饮一口你甘甜的乳汁

我的骨质　永不缺钙

望一眼你绰约的风姿

我的心田　永不荒芜

【注释】

　　小浪底即黄河小浪底水利枢纽工程，位于河南省洛阳市孟津县与济源市之间的黄河干流上，是一座集减淤、防洪、防凌、发电等为一体的大型综合性水利工程。

【赏析】

　　王绶青的诗继承并发展了中国传统诗歌的精髓，散发着浓郁的民族气息，在审美价值取向上突显出深层次的文化底蕴。他坚持民族化的诗风和炼词、炼句、炼意的语言创造，在形式上将自己对民歌和古典诗词的艺术经验创造性地用于新诗创作，句式上不拘一格，浑然天成。在对社会生活、自然景观、人情世事和历史沧桑的审视、思考和感怀中，表现出了强烈的忧患、责任意识。

白渔

1937年生,原名周问渔,四川富顺县人。1955年开始文学创作,曾任青海省作家协会秘书长、专业作家、副主席、荣誉主席,青海省政协常委等职。出版有《黄河源抒情诗》《江河的起点》《烈火里的爱情》《白渔诗选》《白渔文存》《唐蕃古道》等诗、文30部(集)。20世纪中期,他冒着艰险,七上江河之源,率先系统地为母亲河源写了两部诗集,颇有影响,故被誉为"江河源诗人"。

约古宗列感受

蓝得不能再蓝的天

白得不能再白的云

静得不能再静的旷野

浓酽的痴情,连感官也凝滞了

每一个细胞,每一根神经

都因过度的兴奋而颤动

似有肃穆的晚钟,从远处

轻轻地,轻轻地飘来

在心灵中回旋,拭净尘垢

似有虔诚的香烟,从近旁

袅袅地,袅袅地升起

熏透了我的肉体和灵魂

呵!生育伟大母亲之盆

我多想喊,却不敢喊,不忍心喊

怕搅扰了这升华一切的净界

我与万物都融汇于你的博大沉雄……

【注释】

约古宗列：盆地，黄河的发源地。

【赏析】

作为著名的"江河源诗人"，白渔三十多年前写于黄河源的这首诗，至今读来仍是那么新鲜、新颖、新奇，让人仿佛身临其境，体会诗人当初面对约古宗列时的震撼与遐思……他的诗言浅意深、平实隽永、内涵蕴藉、耐人寻味，具有自己鲜明的个性。

河源小景　摄影/王伟

朱增泉

1939年生,江苏无锡人。从士兵到将军,度过了50余年军旅生涯,参加过老山轮战,担任过某集团军政委、总装备部副政委等职。长期坚持业余写作,著有诗集《奇想》《国风》《黑色的辉煌》,散文集《秦皇驰道》《边地散记》,编著五卷本《战争史笔记》等,部分作品被编入几十种选本。先后获"八一"文艺奖、中国诗人奖、鲁迅文学奖、首届郭沫若散文随笔奖。

又闻黄河怒涛声

黄河源头
是中华民族心头的
一滴苦血
被衰败的岁月浓缩得太咸、太涩

在抗日烽火中
中国人的热血暴涨成黄河怒涛
一曲《黄河大合唱》如万民泣血
热血洒红每一寸国土
染成国旗
国旗上的几颗星星
那是黄河胎记

今夏,我又听见黄河怒涛
记忆翻卷成黄河浊浪
涛声依旧,涛声依旧啊
黄河只要有水
愤怒时

就会卷起狂涛

【赏析】

　　本诗想象奇崛、意象独特，读之令人深思，促人奋进，让人难忘，展现出经历过战争洗礼、岁月风霜的"将军诗人"对历史、民族的深刻认知以及其广阔的心灵世界。

卷起狂涛　摄影/孟宪明

桑恒昌

1941年生，山东武城人。中国作家协会会员，曾任中国诗歌学会副秘书长、《黄河诗报》社长兼主编。出版诗集17部，其中中德文对照、中英文对照、中西文对照各一部。诗作入编多种选集，300多首（次）诗作译成外文发表。评论其作品的文章500多篇、评著3部（《桑恒昌论》《桑恒昌诗歌欣赏》《桑恒昌，一个诗做的人》），本人入编《山东文学通史》。曾获首届《山东诗人》"终身成就奖"、2017年中国新诗百年百位最具影响力诗人奖。

船行黄河入海口

说着说着

就来到黄河入海口

有岸之河

顿成无涯之水

铺天而来

盖地而去

满眼都是我

液体的黄土地

拦门沙

是黄河的

最后一道门槛

再往前一步

就把自己走成大海

云开处

太阳赶来

准备
剪彩

【注释】

　　黄河入海口，位于山东省东营市垦利区黄河口镇境内，地处渤海与莱州湾的交汇处，1855年黄河决口改道而成。

【赏析】

　　作为早年力倡"黄河诗派"的《黄河诗报》掌门人，桑恒昌为黄河写下了许多可圈可点的作品。他将对亲人的生命体验融入对黄河的抒写中，既有对黄河母亲般的膜拜，也有对黄河父亲般的深情。这种复杂而丰富的情感积淀和精神淤积，融化在作品的字里行间就显得有着异乎寻常的诗美撞击力，唤醒了我们对自身命运的思考。在诗人笔下，黄河是"液体的黄土地"，也是大海的前身，是"不会倒在／没走完的路上"的英雄，是自己的祖国。从外在的物象到自我的关照，从一己之情到宏大表述，诗人将诗歌精神、人生精神和黄河精神统一起来，而作为完全人格化了的黄河，其风采与神韵立体地呈现在了我们面前。（启代）

黄河剪彩　摄影／侯全亮

王怀让

（1942—2009），河南济源人。曾任《河南日报》编委委员、河南省作家协会副主席、河南省诗歌学会会长。1958年开始发表作品，1980年加入中国作家协会，发表诗作6000余首，文200多万字，结集出版诗文集30余部。曾获得中国报纸优秀作品奖，人民日报优秀作品奖，全国图书奖，《诗刊》作品奖，河南图书奖，晋冀鲁豫图书奖，河南省"五个一工程奖"，第一、第二、第三届河南省文学艺术优秀成果奖等。

黄河

从哪里流来

源远源远源远源远

向哪里流去

流长流长流长流长

从远古洪荒流来流来

向遥远未来流去流去

从仰韶文化的图案流来流来

向无穷世纪的闸门流去流去

从郦道元的《水经注》里流来流来

在三门峡的图纸上显影之后

向灿烂的光明流去流去

从李太白的歌里流来流来

在贺敬之的诗中梳妆了一番

向美妙的意境流去流去

你流着一首史诗

你流着一部《史记》

你流出一个民族

你流出一片大陆

你流着悲欢离合

你流着喜怒哀乐

你流着珍珠也流着鱼目

你流着清泉也流着黄沙

你流着载舟的波涛

你流着覆舟的漩涡

你流着火药也流着外国人的枪炮声

你流着纸张也流着中国人的卖身契

你流着指南针也流着流离失所的人群

你流着印刷术也流着印刷的不平等条约

你流着一句不朽的格言

历

  史

是

  曲

折

  的

你流着一个伟大的真理

历

史

是

向

前

的

既然你给了我们一个肤色

我们不仅要你的肤色

也要你的筋骨

也要你的血脉

既然你给了我们一个歌喉

我们不仅要你的歌喉

也要你的气魄

也要你的胆略

你是躺下的天山躺下的昆仑

你是流着的秦岭流着的太行

我们咆哮了

我们怒吼了

我们站起来站起来站起来

站起来仍然是天山昆仑秦岭太行

巍巍峨峨巍巍峨峨巍巍峨峨

日月星辰睁大眼睛望着我们

望着我们的还有无数双黑眼睛黄眼睛蓝眼睛

还有用各种文字印刷的各种版本的史册

你奔流奔流奔流奔流

流向大洋彼岸的球台

让那颗像星星一般的白色的圆的精灵

带着我们的性格闪烁

你奔流奔流奔流奔流

流向地球那边的球场

让那颗像月亮一般的红色的圆的精灵

带着我们的歌喉跳跃

你从天上来又向天上奔流奔流奔流奔流

让卫星像我们手中的乒乓一样在蓝天上旋转

你从大漠来又向大漠奔流奔流奔流奔流

让蘑菇云像我们手中的排球一样在大漠上升腾

你带着我们的诗人们的构思

你带着我们的画家们的色彩

你带着我们专业户在清晨里流出的汗水

你带着我们工程师在子夜里洒下的墨水

你带着我们的党的总书记在中南海的琉璃瓦的办公室印下的脚印

你带着我们的共和国主席在大会堂的红地毯的会客厅发出的笑声

奔流奔流奔流奔流流向大海

奔流奔流奔流奔流流向大洋

全世界都看到了你的颜色

这中国的颜色不同于他人的中国特色

从哪里流来

源远源远源远源远

向哪里流去

流长流长流长流长

你从今天向明天流去

正如你从昨天向今天流来

既然昨天没能阻挡住你流向今天的脚步

今天也定然会把你送上通向明天的河床

昨天是今天的起点

但今天绝不是昨天的终点
今天转瞬就会成为昨天
我们永远生活在明天当中
历
　史
是
　曲
折
　的
我们永远铭记你的形象所展示的格言
历
史
是
向
前
的
你的涛声所发出的宣言永远激励着我们

【赏析】

  王怀让是一位史诗意识强烈的诗人，他的诗作因鲜明的人民性和时代感而深受广大读者喜爱。其代表作《我骄傲，我是中国人》《我们光荣的名字：河南人》《中国人，不跪的人》等诗篇，成为节日、集会、课堂的朗诵保留节目。他的诗也因其对和平、环境、进步、发展等人类命运的热切关注，而显示出深邃、宏阔且浑然天成的中国气派。

父母之河　摄影 / 孟宪明

雷抒雁

（1942—2013），陕西泾阳人。曾任《诗刊》社副主编、鲁迅文学院常务副院长，中国作家协会第五、六、七届全国委员会委员，2012年5月任中国诗歌学会会长，并担任中国作家协会诗歌专业委员会主任。先后出版诗集《小草在歌唱》《父母之河》《踏尘而过》《激情编年》等，散文随笔集《悬肠草》《秋思》《分香散玉记》等。

父母之河

我在繁华喧嚣的都市
突然思念黄河
那是条从冰雪洪荒中流来的河
是从沙漠黄土中流过的河
那条河，像大树的巨根
向四周伸出万千根须……

泥黄色的河水
以粗犷的喉咙
唱着雄浑的歌
唱着千百万年短促的岁月
唱着千百万年激荡的生活
我是从爷爷那布满皱褶的脸上
认识这条河的
那被风的雕琢、汗的冲刷
刻出深深的沟壑
刻出流淌苦涩命运的河床
流淌着太阳的火

从爷爷青筋纵横的手背上

我也认识了这条河

那是勤劳和负担所扭结的曲折

那是野菜和粗粮所酿造的浑浊

那里，流淌着因为压榨而不平的沉默

我的黄河水不是从天上来的

是从母亲们干瘪的乳房里

一点一滴挤出来的

是从战乱和灾难的伤口里

一股一股流出来的

是没有光亮的热

从冰川上融化而来的

是无言的痛苦和无言的欢乐

从眼角上涌流而来的……

当我还在母腹蠕动之时

黄河之水，就通过脐带

进入我的血管

进入我的生命

进入我未来的第一声哭叫

进入我即将感知世界的大脑和眼睛

……黄河啊，哺育了我们的河啊

我想，我的血管

不过是你一脉小小的支流

那里，日夜回响着你的叮嘱

你的河面上缓缓飘散的晨雾
曾从我的嘴巴轻轻地吐出
傍晚,滑进你的河心的落日
便是沉浸在我的心头
一捧泥土,一捧泥土
你铺就一片平原,又一片平原
也铺就我胸脯强健的肌肉……

我曾长时间生活在黄河之滨
用那泥黄的河水洗涤灵魂
洗涤动乱在我心头留下的创伤
洗涤粗糙的锄柄在我掌心磨下的血泡
洗涤被汗碱模糊了的眼镜
洗涤被扁担磨破了的衣衫……

我引来你浑浊的水
一次一次浇灌我撒下的种子
一次一次浇灌我插下的绿秧
浇灌我不甘心荒芜的青春
浇灌我不抛弃的信念
浇灌我固执的期待
以及我关于生活的幼稚而朴素的预言……

那时,左边是蜿蜒曲折的长城
像瘦削的脊骨
横在荒凉与繁荣的边缘

右边，便是你，黄河

日夜汩汩流淌着的血管

白浪滔天的洪水季节

船只胆怯地躲上了岸

我的羊皮筏子却像奔马

跳跃在你的浪尖

头戴白帽的回族船夫

唱着古老的号子

古老的号子送我到达彼岸

在那浪峰上

跳荡着我年轻的心

跳荡着我毕生难以忘怀的惊险

黄河啊，我是你永久的孩子

你用颠簸的摇篮

教给我生活，教给我勇敢

教给我在动荡中寻找平衡

教给我在迷茫中寻找罗盘……

我的黄河啊，躺在你的身边

五月，塞外迟到的春天

我躺在柔软的草地上

续写父辈艰辛的诗篇

眼前，是一朵一朵金黄的小花

是唱不厌的爱情之歌

头顶，是空阔高远的蓝天

是思不尽的哲学书卷

仰望云朵悠悠的流逝
我像看见一条黄色的巨龙
在云团中盘桓

时间凝固了
一百年，又一百年
像蜻蜓默默地栖落在草尖
都市的层楼里
再没有了黄河
没有了那荒草杂树
没有了那深夜里不息的呐喊
四月的风携带着细沙
突然把我的门窗摇撼
我才想起黄河
想起那卷着泥沙的河水拍打堤岸
当绿树像火把突然在路边点燃
当红润的苹果、金黄的梨子
在街头突然出现
我想起黄河
想起那血和汗的浇灌……

黄河啊，我的黄河
在都市的繁华和喧腾中
我挤出一片宁静
悄悄把你思念
我突然感到

感到一种只有游子才有的

甩不掉的疚愧和眷恋

难道能忘记黄河吗?

我想,纵然我会走遍整个地球

我的脚印会踏上每一块大陆

我会看见红色的海、绿色的河

或者,使我兴奋的陌生的山

但是,只要一低头

我就断不了对黄河的思念

阳光般温柔

黄金般闪亮

泥土般和谐

秋天般饱满……

我的肤色

是黄河的颜色,黄河——

父母之河啊!

黄河……

【赏析】

  雷抒雁的《父母之河》,是"曾长时间生活在黄河之滨／用那泥黄的河水洗涤灵魂"的诗人对养育自己的大河的深情咏唱,是"一种只有游子才有的／甩不掉的疚愧和眷恋"。诗人以无比深情的目光,把黄河一遍一遍仔细打量、仔细怀想,最后确认:纵然走遍整个地球,"但是,只要一低头／我就断不了对黄河的思念",因为,"我的肤色／是黄河的颜色"。这是多么真实、动人的情感表达!

老乡

（1943—2017），本名李学艺，河南省伊川县人。历任南疆军区报务员，工厂宣传部干部，《飞天》文学月刊编辑、副编审、编审。甘肃省作家协会副主席，中国作家协会会员。著有诗集《春魂》《老乡诗选》《野诗》《野诗全集》。《闪电中的花园》获《人民文学》1994年"长沙杯"奖，《杂诗十七首》获第七届《十月》文学奖，《篝火的动感》获甘肃省第三届"敦煌文艺奖"一等奖。

长河落日

筏子客　在那镀金的浪尖

正以锋利的桨板

削刮金粉

脱在岸边的一堆晚霞

已被筑巢的鸟儿

撕得纷纷扬扬

长河上游　水浅

浅水处　常有搁浅的

落日

【赏析】

　　这是一首堪称经典的写景诗。诗人以筏子客为近景，以"一堆晚霞""筑巢的鸟儿"为中景，以长河上游搁浅的落日为远景，以"削""刮""脱""撕"这样神来的灵动笔触，涂抹出镀金的浪尖、锋利的桨板、闪耀的金粉以及纷纷扬扬的晚霞。与这些"动"对应的，是浅水处落日的"静"，那种古老的宁静肃穆大美，给人无限的遐想空间……

刘济昆

刘济昆(1944—2010),原籍广东大埔县,出生于印尼苏门答腊。1963年以优异成绩考入四川大学中文系。后入香港,曾在《大公报》《东方日报》开设专栏"济世狂言"。毛泽东诗词和毛泽东兵法研究专家,著有《毛泽东兵法》,长篇小说《断雁叫西风》以及诗歌、散文等。

黄河石头记

我在黄河岸上捡了两块石头,

人们笑我蠢笨如牛:

"行李这么重,还要装石头?"

我说:"你不懂呀,朋友,

这是真正的古董,

不花一分钱,却是无价之宝我所求。

几十亿年前或几百亿年前,

女娲补天时炼出这石头。

天崩地裂,黄河诞生,

石头就掉在黄河边没被冲走。

世上任何古董有这石头古老么?

恐龙化石、北京猿人头骨比得上否?

维纳斯雕像、梵·高名画比得上否?"

你喜欢雨花石,

你喜欢蓝宝石,

我却要珍藏黄河纯洁的石头,

我的所爱,我所拥有。

我拿起两块石头敲击有声，

那是黄河的风在吼，

那是黄河的水在流。

惊涛骇浪，激荡澎湃，

那是冼星海《黄河大合唱》的优美旋律，

黄河在咆哮，黄河在咆哮……

声声传入我心头。

我随这声音，远上白云间，

我随这声音，又从天上来，

我随这声音，奔流、奔流……

奔流到大海，我还是要回头。

【赏析】

　　《黄河石头记》以看似平白、实则缜密的语言，写出了诗人对母亲河的深情挚爱，写出了炎黄子孙对中华民族历史与现实的思索和心声……

高旭旺

1948年生,河南三门峡人。现任中国诗歌学会理事、全国诗歌报刊网络联盟首轮主席、中国诗歌万里行组委会副主任、河南省诗歌学会名誉会长、《大河》诗刊社社长兼主编。先后在《人民日报》《光明日报》《人民文学》《诗刊》等报刊发表诗歌3600多首,出版诗集15部。曾获第四届河南省人民政府奖、第二届中国长诗奖、第十届《中国作家》"鄂尔多斯文学奖"诗歌奖等。

砥柱石

一条汉子,铿锵
赤裸裸地屹立在大河的
奔涌之上。用石头
无言的精灵。铸
自己的身体和灵魂

它一生孤独,要强
一门心事,执着地捍卫
自己的信仰
——弄水。神门前
跪拜湖光与山色,鬼门上
祈祷万家灯火
人门中。朝我来
光耀一个民族的尊严

【注释】

砥柱石,即砥柱山,位于河南省三门峡以东黄河急流中,以山在激流中矗立如柱,故名。

【赏析】

　　诗人高旭旺说，砥柱石，是人类生存的眺望，更是一个民族命运和精神的皈依。黄河从它的身边流过，日夜奔涌的涛声，有风骨，有温暖，是我多年追求诗性的母语，而且，不停地孕育着我内心的敞亮和灵魂的修行。诗人还说，以黄河为母，诗行天下。理解了这些，我们才可以更好地理解他的黄河诗。

三门峡砥柱石　摄影/王伟

彭金山

1949年生,河南内乡人。中国作家协会会员、西北师范大学文学院教授。20世纪70年代初开始文学创作,大学时代为西北师范大学青年诗歌学会首任会长,与同仁创办诗刊《我们》。在《文学评论》《人民日报》《诗刊》《星星》《民族文学》《飞天》《绿风》等报刊发表诗歌和理论文章800余篇(首),出版诗集《象背上的童话》《看花的时候》《大地的年轮》及论著《中国新诗艺术论》等十余部。

谒"黄河母亲"塑像

背依青山

面对黄河

目光在滚滚远去的波涛里

纺织洁白的意象

鸥群的翅膀

从深情的嘱望里

缓缓升起

黄河母亲

多少年来　你

就这样流着

　这样望着

　这样爱着

目光　望成远方的桅杆了

思想　流成浩瀚的沃野了

就这么坐着
　　这么想着
　　这么念着

少年　在母爱里走向成熟
老人　在梦中回到了少年

呵　黄河母亲
母亲黄河
为你从远方而来从渴慕而来
从历史而来从未来而来的
稚嫩的儿子
举一柄绿荫如盖
在你的目光下
我感到安全和温暖

真羡慕你怀里那个弟弟呀
艺术家给了他永远的好运
他赤裸的双足伸进你的温柔
你是一条河
弟弟他就是一朵浪花了

月光下的黄河母亲
用厚爱抚遍我的全身
每个部位每个细胞

今夜　我在母爱的摩挲中伸枝展叶

明天　定用生命走出一条绿色大道

深夜　我在黄河岸边

坐成一块幸福的石头

新月如刀

把一个梦轻轻雕刻

【注释】

诗中所写的黄河母亲像位于兰州市黄河南岸的滨河路中段，是全国诸多表现中华民族的母亲河——黄河的雕塑艺术品中最有名的一尊。

【赏析】

兰州黄河岸边著名的黄河母亲像，不知带给多少人初见的喜悦和别后温馨的怀想。诗人彭金山的《谒"黄河母亲"塑像》，以细腻的笔触描摹出黄河母亲丰满的形象，以炽热的情怀抒写了黄河儿女对母亲的爱和眷恋，整首诗呈现出一种博大的生命哲学境界。

郑州黄河游览区的民族摇篮牌坊　摄影 / 孟宪明

孔令更

1950年生,河南兰考人。1976年毕业于河南大学中文系,后任教于该校艺术系。历任《东京文学》副主编、河南省作家协会常务理事、河南省诗歌学会顾问等。出版诗集《隐者》、《丁当红萝卜》、《相聚在雨后的密林》(合著)、《孔孟诗集》(合著)、《汴京八景》(合著)。作品曾获河南省首届优秀文艺作品奖、《莽原》文学奖等。1985年与郎毛等徒步考察黄河,公刘先生于《人民文学》发表诗作壮行。

黄河静静地流

黄河静静地流

静静地没有发出一点

声息　从这片土地

走过　像一位哲人

低着头　沉思着走过

世界　没有说话

谁也没有惊动　就

走过去了　沉思像晚霞

弥漫了天空和原野

黄河静静地流

夕阳静静地坠落着

像鸟儿收敛着翅膀

慢慢地寻找它的巢

麦草垛静静地坐在那儿

等待着什么　只有

远处的村庄　偶尔

飘来牛和孩子的叫声

落在河面上　黄河只

咕儿地打了个漩儿　便又

恢复了静穆

哦　黄河静静地流　是谁

静静地伫立河岸　他

本是喧哗的灵魂　渐渐

与这静静的河流　静静的

土地　交融　仿佛一条

静脉　无声地流向

远方……

【赏析】

　　河之博大、深沉、静穆、神圣，只有进入沧桑而厚重的平原方可些许体悟。若无万里跋涉、奔腾、回环曲折、低昂顿挫，焉能至此境界！不过且慢，前方更有宏阔苍茫、深不可测的海洋等着你呢。

黄河静静地流　摄影/孟宪明

徐明德

1950年生,江苏赣榆人。中国作家协会会员,《扬子江》诗刊原主编。1973年至今在《诗刊》《人民文学》《解放军报》《解放军文艺》等百余家报刊发表诗作、散文近千首(篇),出版诗集《迷舟》《徐明德短诗选》《我站了一千公里》《人逢佳节》等,作品曾获《萌芽》文学创作奖、紫金山文学奖等。代表作《我站了一千公里》编入《中国新诗年编》《汉语新诗90年名作选析》等多种选本。

黄河飞舟

年终,某部组织立功受奖者游览黄河……

——题记

我曾无数次把向往和痴爱,
寄给你——黄河渡口,
而你,也早已把执著的信仰,注入我焦渴的心头。

今天,心血与汗水,
终于载起这叶叶飞舟;
按捺不住内心的喜悦,
我真想放开粗犷的歌喉,
——唱豪情激起的波涛,
　　唱庄严而愉快的旅游。

黄河呵,我曾怕过你,
像害怕父亲的暴躁,
黄河呵,我曾思念过你,
像思念母亲的温柔;

我更无限地感激过你——
在那屠刀将你搅红的年头,
是你,忍着伤痛
把失血的历史
一船一船载向你亲吻过的土地,
载向人民热烘烘的胸口……

是谁打开录音机,
《黄河大合唱》,牵动我思绪悠悠。
"风在吼,马在叫……"
昂奋的歌如一江大潮,
冲撞我青春的心畴。
遥想那无数民族的精英,
我不能不自问:
胸前的军功章啊,
你可配做大合唱续曲中
一个金光闪闪的音符?

莫说父辈沉重的纤绳
不再勒进我们的皮肉,
纤夫留下的脚印里
我们该播种金色的丰收,
伟大母亲的胸襟上,
决不能少一枚翠绿的衣扣。

我在黄河上飞舟,

感情的大波浩浩奔流。

今晚,我要把这九曲十八弯折叠起来,

装进心湖,酿成壮行的浓酒!

【赏析】

　　此诗以质朴的语言表达了作者对黄河的感激与敬畏、期待与憧憬。下笔开局宏大,语言干净凝练,意象生动鲜明,正如公刘先生在评论文章《徐明德和他的诗》中所说:"诗风是健康的,朴实的,明朗的,充满了军人的使命感。"(秦晋)

我在黄河上飞舟　摄影/孟宪明

乔仁卯

1951年生,山西省定襄县人。先后毕业于郑州大学中文系、西北大学中文系作家班。原《牡丹》文学杂志副主编、洛阳文学院导师、洛阳市政府研究中心特约研究员,现为洛阳市社科联委员、洛阳市非物质文化遗产专家委员会委员、洛阳师范学院客座教授、洛阳理工学院人文与社会科学学院兼职教授、洛阳市文学艺术研究会执行会长。出版有诗集《风流海》《飘逝的红绸布》等。

走进中原　聆听黄河

走进中原　聆听黄河

我的脚步总是轻轻的

轻轻的　生怕踩住哪一片历史的云烟

走进中原　我的脚步总是轻轻的

轻轻的　生怕踩疼了哪一根祖先的血管

万里黄河万里长　腹部就在中原

中原　蕴藏着多少金戈铁马的回响

中原　流传着多少英雄豪杰的悲壮

中原　饱含着多少华夏儿女创造的辉煌

这就是龙马负图出河的莽原

神奇的河图成为中华民族文明的起源

这就是人文初祖伏羲氏演绎天地万象的地方

精妙的哲理成为推断世界万物的经典

那是一个春寒料峭的季节

我在碧波荡漾的黄河南岸
第一次走进炎黄母亲的故乡
龙马谷堆儿袅袅的青烟
瞬间就把我拉回到五千年前
平逢山上小小的祭奠
即刻就让我发出回归家园的感叹

那就是最早的中国——二里头夏都吗
大禹铸鼎　鼎立中原
那就是甲骨文遗存的地方吗
最早的汉字　留存在安阳
那就是八百诸侯会盟津的会盟台吗
雄才大略的周武王在此定都洛阳
每次走进中原　眺望奔涌的黄河
眼前便是民族生生不息壮阔的波澜
静静地　静静地聆听——
那些埋藏在黄河两岸的编钟和石磬
发出高古的雅韵　珠玉般飞溅

黄河两岸　是一片片深沉而悲壮的山川
是无数中华英烈的故乡
抗日战争中　河南处在最前线
中原　诞生了无数个平原游击队
诞生了洛孟团
八路军挺进豫西建立根据地
英雄的黄河儿女令日伪胆颤心寒

每一片中原的黄土　都曾被烈士的鲜血浸染

每当梨花开遍了原野

人们就想起　那些民族不屈的脊梁

走进中原　走过黄河两岸

我总是充满了光荣和梦想

千万条黄河鲤鱼在小浪底飞跃

千万种故园风情在我脑海的栖霞院徜徉

走在黄河岸边　我的脚步总是轻轻的

轻轻的　生怕踩住哪一片历史的云烟

走进中原　我的脚步总是轻轻的

轻轻的　生怕踩疼了哪一根祖先的血管

黄河啊黄河　您是炎黄子孙的母亲河

您不息的涛声　是我生命的交响

我愿与您一起　传承华夏文明

与您一起步入　每一个鲜花盛开的春天

【赏析】

　　黄河以博大的母爱，孕育了厚重的中华文明。在这条大河岸边长大的诗人，从历史的角度抒发了炎黄子孙在中华民族历史进程中的豪迈情怀，生动地表现了中华民族独特的精神品格。全诗跌宕起伏，令人荡气回肠。(李少咏)

李小雨

（1951—2015），河北丰润人。毕业于北京大学中文系，1983年加入中国作家协会，曾任《诗刊》常务副主编、中国诗歌学会副会长兼秘书长。著有诗集《雁翎歌》《红纱巾》《最后一分钟》《东方之光》《李小雨诗选》等。其作品曾获第三届全国优秀新诗集奖、首届庄重文文学奖、第二届铁人文学奖等。

在黄河

在黄河，
一捧黄土，
一支船桨，
一个泥做的太阳。

脊背和土地。
渔网和柳筐。
我们的历史，
我们千百年打着旋涡的历史啊，
难道只能在锈蚀的青铜器上
才有你的语言和形象？

于是我看见了铝盔，
看见了铝盔一样闪亮的目光，
看见了目光一样激荡的
黄河水，
看见了黄河水一样滚过的
井场上的泥浆。

渡口啊,

快运送炊烟和密集的钢!

我想在南岸

看输油管道的焊花;

我想在北岸

听河口大风的歌唱。

那黄土中

母亲的泪早汇入了波浪,

留下的是原油

新鲜得闪光。

钻塔群!

用钻塔群筑成两岸的大堤,

锁住崭新的故事,

听我们唱……

【赏析】

　　李小雨的诗质朴、厚重、富有哲思,既来源于鲜活的现实生活,同时又对生活进行审视和思辨,使她的作品独具魅力。

赵丽宏

1952年生,上海人。中国作家协会全国委员会委员、上海作家协会副主席、《上海文学》杂志社社长。著有诗集《珊瑚》《沉默的冬青》《抒情诗151首》等以及散文集、报告文学集等80多部。有《赵丽宏文集》(十八卷)行世。曾获新时期全国优秀散文集奖、首届冰心散文奖、斯梅德雷沃金钥匙国际诗歌奖等。

黄河故道遐想

曾经是汹涌黄河水的河床吗?
为什么听不见潮声轰响,
看不到浊浪排空的景象?
一片野苇,几星蒿草,
沐浴着萧瑟秋风,
述说寂寞和荒凉……

问遍地狼藉的乱石吧,
当年的黄河是如何在这里流浪,
像一个勇猛而又天真的莽汉,
曾经欢乐地呼啸着横冲直撞。
以为每一道峡谷都能通向大海,
以为每一片平原都能铺向远方……
却不料在一马平川迷失了方向。
年轻的黄河啊,
你是如何在这里彷徨,
如何踯躅着倾吐心中的惆怅,
如何呜咽着呼唤遥远的海洋?

黄河已经从别处流入海洋，

为世人描绘出一个

百折不回的英雄形象。

年轻时的故事，

他一定不会遗忘。

你看这从高山带来的遍地岩石，

你看这曲曲弯弯的干涸的河床。

这是一行惊心动魄的脚印啊，

留在他曾经拼搏探索的征途上……

站在这片土地上沉思，

我听见了黄河古老的歌唱。

我听见他顽强执着的脚步，

依然在前方回响。

【赏析】

  在《黄河故道遐想》这首语言朴素、情感真挚的诗中，我们不难看出诗人深厚的语言功底和非同寻常的思索。

阳飏

1953年生,甘肃人。已出版诗歌及历史文化、艺术类随笔著作近20本。曾获《星星》诗刊跨世纪诗歌奖、2011中国·星星年度诗人奖、全国文化遗产优秀图书奖及甘肃省"敦煌文艺奖"一等奖、黄河文学一等奖等奖项。

黄河羊皮筏子

羊皮筏子就是

把吃青草的羊的皮

整张剥下来灌足气

将它们赶到河里去

两种牧羊形式大不一样

现实主义加浪漫主义加不加魔幻主义

我在主义之外

看一群羊在河里

全身没有一根毛

没有弯弯好看的角

像是一堆顺河而下的大石头

【注释】

羊皮筏子,是黄河中上游民间保留下来的一种古老的摆渡工具,用羊皮做成。

【赏析】

显然,并非所有受过绘画训练的诗人都能写出这样精到的诗歌。充满故事的古老的羊皮筏子,在阳飏笔下有着如此奇崛的意象。这显示了阳飏诗歌写作的纯度、深度和高度。

单占生

单占生，1953年4月生，河南杞县人。诗人、评论家。1977年郑州大学中文系毕业，留校在郑州大学中文系任教。历任河南文艺出版社总编辑、编审，郑州大学中国现当代文学硕士研究生导师，中国新文学学会理事，河南当代文学学会会长。著有专著《中国当代文学史稿》《中国当代戏剧文学史》，诗歌欣赏集《抒情诗选读》，散文集《昨日的阳光》和多篇诗学文章及诗作。

那年铜瓦厢芦花似雪

纷纷扬扬

纷纷扬扬

初遇铜瓦厢那年秋天

芦花似雪

秋空如玉

天蓝蓝

蓝得像海一样深

铺满高天的锦绣

分不清

是海面的浪花

还是天上的白云

沉入深秋的铜瓦厢

枕着河床

枕着

黄河坦露起伏的胸脯

枕边的浪涛

向着东天的太阳

山岳般涌动

不理睬

此地何地

今夕何夕

我似一个浪子

为了一次无目的的行走

来到这里

只是为了

寻找

黄河的浪花

与堤坝

冲撞的方式

或者

是为了

寻找一个现场

看粉碎的壮烈

或者

在粉碎与如故中

寻找堤坝的骨头和精魂

或者

问询风浪与堤坝

如何结成血缘伴侣

问询奔腾的激情

与抗拒的意志

如何把粉碎与坚守

扭结成一对兄弟

问询

滚滚的黄河

高耸的堤坝

空旷的沙滩

苍茫的芦花

这些都是我吗

真的

是真的

铜瓦厢

那年我来到你的身旁

真的不知到底为了什么

只是想用

你从天而降的波涛

与迎浪站立的石头

把我摧毁

用铜瓦厢的沉默和站立

给我一个生长的支柱

让黄河的风与浪涛

给我一种
带着泥沙的思想

用浑浊的河水
与滚动的泥沙
给我一种
从黄土高原长出来的
谷子麦子和青稞的思绪
用谷穗上吹过的暖风
擦拭我血液中
奔突的荒凉

铜瓦厢
就是那次无因的行走
我遇见了你
在你坚硬的石壁坝垛上
我感知到那种
最质朴的
向高的意志

铜瓦厢
就是那次偶然的相遇
我认识了你
是你脚下浩浩荡荡的河水
在我血液中注入
最原始的

向低的力量

铜瓦厢
因为一次无因的行走
使我们相遇
从此以后
你奔涌的波涛
如你漫天的芦苇花
在我生命中
纷纷扬扬

【赏析】

　　诗中的铜瓦厢是黄河上一处险峻堤段,在今河南省兰考县的东坝头村附近。东去的黄河由此转向东北而去,在此形成巨大的漩流。高堤大浪,甚是险峻。诗作借此要表达的,正是这种冲击与粉碎永不止息的生命意识。浪花的激越与芦花的纷纷扬扬,冲突与粉碎,最高的理想与最低的向往,生的热望与死的高洁等,构成了诗的动态意境和生命张力。

芦花似雪　摄影/孟宪明

马新朝

（1954—2016），河南唐河人。曾任河南省作家协会副主席、河南省文学院副院长、河南省诗歌学会会长、中国诗歌学会副会长。出版有诗集、散文集、书法集、报告文学集、评论集等多部。曾获闻一多诗歌奖、人民文学奖、"上官军乐诗歌奖"杰出诗人奖、首届杜甫文学奖、《莽原》文学奖、《十月》文学奖、第三届河南省政府奖等，长诗《幻河》获第三届鲁迅文学奖。

幻河（节选）

十二座雪峰冰清玉洁　十二座雪峰上没有一个人影

十二座雪峰守护着　黄金的圣殿

乘坐颂歌的我在裸原上独坐　倾听

圣灵　我就是那个被你传唤的人

我就是那个雪莲遍地的人

我是一条大水复杂而精细的结构

体内水声四起　阴阳互补　西风万里

我在河源上站立成黑漆漆的村庄

黑漆漆的屋顶鸡鸣狗叫　沐浴着你的圣光

鹰翅　走兽　紫色的太阳　骨镞　西风

浇铸着我的姓氏　原初的背景　峨岩的信条

黑白相间的细节

在流水的深处马蹄声碎　使一个人沉默　战栗

像交错的根须

万里的血结在时间的树杈上

结在生殖上　水面上开出神秘的灯影　颂歌不绝

岸花撩人　地平线撤退到

时间与意识的外围　护身的香草的外围

高原扭动符号　众灵在走

十二座雪峰守口如瓶

万种音响在裸原的深处悄无声息

【赏析】

　　关于马新朝的长诗《幻河》，诗人邓万鹏曾写道："一口气读完这部巨作，闭上眼睛，眼前立刻出现了这样的幻觉——我是在仰视一座金碧辉煌，造型别致宏大，耸入云表的摩天艺术宫殿：看不见顶端，顶端埋在云里；数不清它有多少扇窗子，每扇窗玻璃正连成大面积反射的令人眩迷的太阳的强光……"这种感觉真是再精确不过了！的确，这是一部足以与伟大的黄河相匹配的现代史诗。它涵盖广阔，思想深刻，意象纷繁，气势恢宏；它气韵灵动，结构独特，64个部分既密不可分又可各自独立。本书节选的是第一部分。

河问

你是你吗

你是一条河流

为什么回不到河流本身

你是一条大水

为什么回不到水的本身

河啊，你身上的铁锈、意义

压弯了黄昏

我，无法引领你回家

我是你吗

我是你说话的样子，还是行走的脚步

你的中心在哪
你的边缘在哪里
黑漆漆的大门开向哪个方向

一年又一年，你向我那个谦卑的
小村庄，衣襟破旧的小村庄
卸下了什么？又带走了什么

风灯提着我呀，在大水的深处摸索着
摸到的为什么都是黄土

水雾茫茫里，可是埋着另一些我
那些从未见面的我，都是用黄土做成

黎明的船舱里，一场官司正在进行
起诉流水的人为何隐于无形

河啊，你为什么把那么多的
典籍，准则，道德
安放在我的命里，让我在你的岸边
孤独地徘徊

你为什么把我囚禁于
茫茫盐碱地上的一盏风灯

河啊,你在我的体内流动

为什么总是那样不着一言

却已说出了全部

你以何种方式规定着

我生命中的细密结构

你以何种方式规定着高处的屋脊兽

简约的造型,和人的内心

那明明暗暗的曲折回廊

刽子手们的屠刀在监斩台上

砍断一个人血之后

为什么流淌出的都是黄土

黄沙绵绵

你为什么还要把它们裂变成更多的原子

成为杀人的凶器

那些迅速裂变的原子啊,裂变的人啊

观念啊,欲望啊

何时已经占领了人类的高地

河啊,你向我内心运送的

黄土,风沙,色素

为什么比黄土的本身还要多

在我开口说话之前,你以何种方式
已经修改了我将要说出的话语
在我开始写作之前,你以何种方式
已经修改了我将要写出的文字

在壶口,那个血流满面的人
那个对我说出了闪电般警句的人
谁能破译?千百年来在你那黄色的
面具后边,究竟隐藏着什么

你为何要对我守口如瓶
你使用什么样的流速把一支支令牌
按时运送到我生命的各个驿站
你使用什么样的形式把大地上的苦难
打磨成盐碱地上流亡者的莲花落

河啊,你为何采取流沙的形式,死鱼的形式
向我传达严酷的律令

你这从天而降的无字天书
记载了哪些内容
何处是你暗自藏匿的副本

你在唐乃海暗色的礁石上
亿万年的冲刷打磨

最后留下的是不是真理的形状

一只水鸟在午夜的流水上尖锐地鸣叫
它是否已经喊出了河流的隐秘

你随便在一片绿叶上酝酿出的诗句
为什么一出口就电闪雷鸣

比鹰飞得更高的为什么是流水
比鹰更锐利的为什么是流水

谁能够看到大峡谷深处黑暗的内脏
以及它对流水所进行的巨大工程
它究竟在流水里加入了什么神秘的元素

那神秘的河图究竟是何人绘制
尘封的息壤，禹王的锤
被女娲的彩石补过的天空
那些深深的裂痕为什么仍在人间

在小浪底大坝前，忧郁，彷徨，聚集
你为什么又失声痛哭

河啊，你经历了我的命
这一段混浊的里程，水雾茫茫里
看到了什么

在洪水的联盟,洪水的九月,洪水的村庄
我一次又一次地葬身于鱼腹
为什么还在大地上行走

我是谁
是谁在我的遗址上建立起暮雨晨钟
我是在用谁的嗓音高声说话

河啊,你用雨水和五谷点亮我的生命
你用硗曲和忍冬反复论证的我的履历
为什么又要反复涂改

在流水的深处,我为何一无所有
向天乞讨,向地乞讨,向时间乞讨
向他人乞讨,向爱乞讨

是谁代表村庄和羊群
与河流会晤?高大的谈判桌上
堆满了死亡的托词

在河底隐姓埋名已久的古沉船
为什么又在村庄的饭场上开口说话

一千里的河床上为什么死鱼遍地
一千里的河床上为什么弦断音消

你在黎明前的檐雨里说出的隐喻
是不祥之兆还是幸福的前奏

流水上的黄金在歌唱,流水上的黄金
把人群照亮,它们究竟是什么

河啊,面对万有你为什么说空无
河啊,面对空无你为什么说万有

穿过蜂拥而来的日子和流沙上的白骨
走过一生,为什么我还在原处

你使用词语建造我内心的强大,为什么
要用无边的流沙和散落来阐释

你带领着我在流水上行走
我所追随的圣贤,时常在他们的
词语里流连。回首时
为什么他们的脸上充满了淫邪和晦暗
那些箴言,为什么突然变成了石头

在这流动而幽暗的书页上
为什么记载的都是历史老人伟岸的身影
和他们大理石般的光滑和坚硬

你带领着我在流水上行走
在流水上写作，蚁群般的文字
为什么一个个都带着厚厚的硬壳
我何时才能触摸到它们柔软的肉体

河啊，这痛苦和欢乐的两只轮子
将要把我带向何处，何处才是我的归宿

太阳和月亮既然永远不会相遇
阴阳为什么会在一件事物上同驻

为何结束就是开始
为何光明只是黑暗的隐语
为何花朵的盛开就是枯萎的过程
为何沉睡时更清醒

为何一个人即使走得再远
也会被河流轻易地收回来

大河上人影晃动
人们带着这些巨大的
疑问，又纷纷上路
千万年啊，答案究竟握在谁的手中

【赏析】

　　《河问》是诗人马新朝除《幻河》以外以黄河为题材的重要作品，通过反复的设问表达了诗人对时间与生命的终极意义的哲学式追问，数易其稿，从初成到定稿历时近十年，是黄河题材诗歌中难得的杰作。（邓万鹏）

黄河之水　摄影/王伟

尚飞鹏

1954年生,陕西绥德人。中国作家协会会员、陕西省艺术研究院研究员。创作诗歌、评论、音乐作品近万首(篇),出版诗集《情王》《情后》《舞者》《膜拜大地》《蓝调》、文论集《说话》、歌曲集《音乐思维》等。诗集《情王》获陕西省第八届文学奖。由其担任撰稿人的八集纪录片《路遥》获"第七届中国纪录片国际选片会"十大纪录片奖。

黄河岸边

坐在她的身旁　一动不动

所有的心思　随着她的波涛周游世界

快乐或者忧伤都可以向她倾诉

她会在不同的季节把我们的忧伤带走

她只会前行　从不后退

她来到人间就是为了歌唱

凡是她经过的地方都会得到神圣的洗礼

她是黄土地的灵魂

黄河岸边有我们的祖先

这里的土地上　有他们创立的家业

有他们盖起的窑洞　有他们种过的土地

有他们追求过的女人　有掩埋他们的黄土

如今我们这些后代

走出了大山　还牢记着那些岁月

大山深处的秘密　让我们随时随地返回

看三妹子的扭　　听四妹子的唱　　拥抱我们的亲娘

这里才是适合人类居住的地方

过去都弄错了　　一切都要从头开始

在干净的空气里生活　　善良才会永恒

为什么有人要放弃纯洁　　追随平庸　　陷入肮脏之中

哦　　常回去看看我们的老爷河

在晋陕大峡谷　　在沟沟岔岔　　在山山峁峁

放开嗓子大喊　　让世界听到我们的声音

人是什么样子就还原成什么样子

【赏析】

　　这首诗讲述了人与自然的亲密关系，以及它对种族的意识所产生的物质作用和精神作用。只有人与自然的关系和谐了，人类的未来才能健康发展。我们应该明白，是我们依恋黄河，而不是黄河依恋我们；是它塑造了我们，而不是我们塑造了它。所以，黄河做好它自己，我们做好我们自己。我们如果能做到不破坏它的生态环境，它就快乐了，我们如果不企图在它的身上得到更多的利益，它就会更长寿一些。所以我们要爱护它、保护它，中华民族的子民及其文化才会生生不息。

孔祥敬

1954年5月生,河南邓州人。中国作家协会会员、河南省诗歌学会名誉会长。著有《当代河南将领传》《找党》《寻梦》《追梦》《灵魂鸟》《汉风楚韵》等。曾荣获河南省"五个一工程"图书奖、河南省文学艺术优秀成果奖、河南省优秀图书一等奖、河南省电视文艺"牡丹奖"一等奖、河南省人民政府实用科学一等奖、中原诗歌突出贡献奖等。

黄河,桥映三章

一

我知道

你自河源流经河口镇

越过桃花峪流经花园口

那披在身上的青青布衣

渐渐地染成了飘逸的鹅黄

挟泥卷沙奔向海洋

我知道

你曾率领秦时的兵马俑

登上大雁塔

拜访白马寺

游历清明上河园

寻觅大汉大唐大宋的灿烂与辉煌

可是啊

我真的才刚刚听说

一对美丽的凤凰

互相拥抱于大河之上

从清晨到夜晚都在幸福地歌唱……

我顺着飘来歌声的方向

跟着牧羊人的鞭响

在看似蛮荒却疯长庄稼

和芦苇的地方

在似乎原野却衔接都市

与故乡的地方

看见了母亲河流之床

一对相拥而卧的凤凰

一头枕着古老的大河村庄

一头枕着北岸的牧野新乡……

二

上帝啊,

请借给我一卷描写桥的经典

请借给我一双远望桥的目光

让我蓦然回望大河之上桥的意象

武王伐纣踏过的简支木桥梁

记载着勇士攻克朝歌时的威武雄壮

秦汉时代的"渭水三桥"

流动着帝王迎来送往的皇恩浩荡

隋文帝时的石拱灞桥

影印了

"灞水东南来,逶迤绕长安"的风光

盛唐时代铸造的蒲津浮桥

铁牛铁人锚住的铁索链

闪耀着中国冶炼高超艺术的不朽光芒

张择端笔下的汴梁木拱桥

栩栩如生地复制了

一幅东京梦华的清明气象……

我的目光扫描着三千多年异彩纷呈的桥梁

越过北宋移过元明清的河殇

(也越过德国人、比利时人营造的钢铁桥梁)

凝视刚刚涅槃的凤凰

从上到下细细地打量:

它的脚坚实而又稳固地

扎入纵深的河床

我们不要去问寒冬的月亮

我们不要去问炎夏的太阳

我们不要去问风问雨问时光

我们问一问身边的野草野花

就可以知道

是平凡的劳动者

在这里抒写大气磅礴的桥之意象

三

河流,舟之摇篮

桥梁，船之梦想

抚摸边桁倾斜钢桁梁
像是在抚摸凤凰的翅膀
那六翼舒展的灵感
怎能不让你的诗情飞翔

三月，我们的人民代表
把民情民意装满车厢
从这座大桥上驶过
五月，我们的英雄模范
把劳动的喜悦装满车厢
从这座大桥上驶过
七月，我们的先进分子
把榜样的力量装满车厢
从这座大桥上驶过……
九月，我们的父老乡亲
把丰收的硕果装满车厢
从这座大桥上驶过……

啊，从清明到端午
从中秋到春节
我们的兄弟姐妹
把思乡的忧伤装满车厢
把故乡的希望装满车厢
从北方驶向南方

从南方驶向北方

从中原驶向四面八方……

啊，我无法遏制的思想

就像这大河奔涌的波浪

我亲爱的朋友

请快来读一读这大河两岸风流人物的诗行

请快来听一听这大河之上孪生凤凰的歌唱……

【赏析】

  本诗的创作对象是现代化的郑新黄河大桥，诗人用宏大叙事与浪漫抒情相结合的手法，为黄河儿女写下了一首壮美的颂歌。全诗的三个篇章河之凤凰、桥之意象、诗之梦想，可谓一唱三叹！诗歌激情飞扬，音韵铿锵，极富音乐性和节奏感。

船之梦想　摄影 / 王伟

倚云飞

1955年生,本名李余良,河南漯河人。中国电视艺术家协会会员、中国电视艺术家协会全国电视文艺工作委员会常务理事,曾任洛阳市作家协会副主席,现任洛阳市老新闻工作者协会副会长。曾有若干诗文在报刊发表,出版有《细雨黄昏》《花开时节》《命运之门》等著作,亦有五十多件各类作品在省级以上媒体及报刊评奖中获奖。

黄河渡

好多好多年以前　黄河

在这儿拐一个弯儿　便

拐出了一片平展展的黄土地

拐出了一间暖烘烘的茅草屋

拐出了一个远近闻名的黄河渡

小小渡船　是黄河馈赠的一只碗

好多好多年以来　这只碗

养活了黄河渡一代又一代飘不断的

炊烟　这炊烟曾在黄河上铺出

一片片移动的陆地　让南来的风

北往的雨　在黄河之上随意穿行

有几多失血的岁月和干瘪的日子

都因了这炊烟的赈济而渐次红润

有几多离散的忧愁和隔阂的痛苦

都因了这陆地的缝合而笑逐颜开

黄河渡的大名被写满雁翅

黄河渡的丰碑竖在黄河岸所有的

路口　黄河渡也有不称心的日子

因他的饭碗为黄河所赐　所以

有时总少不了看黄河的脸色行事

当黄河弥天盖地把浪头砸来

他只能不情愿地把自己锁进小屋

小船搁浅在滩头盛满压抑的泪水

黄河流经过这里拐了个弯儿

便拐出了一个远近闻名的黄河渡

小小渡船是黄河馈赠的一只碗

千百年来　这只碗为黄河渡装满

花环装满殊荣　也装满了黄河渡

难咽的委屈和沉重的心事

【赏析】

　　黄河是中华民族的母亲河，她从发源地到东流入海绵延数千公里的行程里，有大大小小数不尽的渡口。这首《黄河渡》，起笔即出手不凡，一个"拐"字就把黄河的秉性、形象、气质和盘托出，虚实相应之妙手骤然拓宽了读者的思维空间，之后又用"雁翅""碗"等意象形象地揭示了黄河以及"黄河渡"的坎坷经历和百折不回的精神气质，既完成了对"黄河渡"的生动写照，也完成了一首诗宏观的意境开掘，在虚实之间完成了诗意的升华。

陆健

1956年生,河北沧州人。1978年考入北京广播学院,1991年加入中国作家协会,现任教于中国传媒大学。出版诗集《名城与门》《一位美轮美奂的小诗人之歌》等。

在太湖想黄河

惊奇于太湖的美

我才恍然醒悟

我是该回去了

回到那一望无际的平原

回到那裸露着胸脯的黄河岸边

接受那风沙的灌溉

像一匹马那样,负重,坚忍

难怪这些天

我的粗犷总和江南的细腻

摩擦

我是习惯了那风沙猛烈的温存

习惯了像马一样地

举步,或者狂奔

习惯了让工作

无情地抽打我的后背

如同黄河,嘶叫着

把那贫瘠的土地

拉进一个个接踵而至的年景

那里有我的羞辱有我的欢欣
我的亲友甚至敌人
我不能冷落了他们

我必须置身轭下
累得气喘吁吁
我的呼吸才能够平稳
我必须回到
连诗也顾不上写
连快乐也需要抓紧时间
那以严峻和慈爱
层层包裹我的我的小城

在这里,我被
这长亭短亭的清雅
这无牵无挂的悠闲
弄得不胜疲劳了

【赏析】

　　"惊奇于太湖的美",而想"回到那裸露着胸脯的黄河岸边",诗人"在太湖想黄河",看似不合情理,却又在情理之中。这便是黄河的魅力,相信所有生活在黄河身边的人都感同身受。

枣红马

1956年9月生,本名李传申,曾用名释然。中国作家协会会员、河南省诗歌学会副会长、商丘市作家协会主席。出版文学评论《中国现代杂文概观》《深邃的世界》等4部,长篇小说《举起火把》(上、下部)、《菊花酒菊花茶》。获河南省社科奖和"五个一工程"奖。现居北京。

黄河挖泥船

A

泥沙趴下了,淤积着

挖泥船紧紧守护着黄河堤岸

把懒惰的沉积捞起,让浪头冲去

机手哼起了低微、幽远的歌调

仿佛从五千年的滩头飘来

热血使歌喉鼓满了风力

在涛声中交响

诉说着神话和新的传说……

B

大禹和他的子孙,在洪荒中

疏通了一个崭新的世纪

奔腾的岁月流向大海

然而,泥沙趴下了,淤积着

挖泥船无奈地摇晃着身躯

机手叹息着,仿佛失去了信心

一声霹雳
黄河让浪头重新雕塑着形象

C

夏天来了,风燃烧着浪头
这是黄河骄傲的季节
一切都尽情地炫耀着
挖泥船沉思着,抖动着
紧紧守卫着黄河浪头的重托
机手的歌急促了,凝重了
执着地飘荡在飞速的历史长河

【赏析】

  作者在开封读大学期间,和同学一起去看黄河,第一次看到黄河挖泥船,不禁心动。几年过去了,黄河挖泥船的意象不断在诗人心间发酵,诗人把它放在历史的境域里,采用象征手法,让"挖泥船"、"泥沙"、"机手"、历史长河的"浪头",组成一个凝重深厚的意象结构,读之让人耳目一新。

郎毛

1956年12月生,本名张真宇,河南省禹州市苌庄乡人,毕业于武汉大学中文系,曾任《黄河报》记者、《黄河黄土黄种人》杂志副总编辑。1985年徒步考察黄河,1986～1987年创立"存在客观主义"诗歌理论体系,提出"反技巧""超情感""非文化""个体因"等理念。有《浪子》《流浪的诗学》《传说中的痛苦》等著作问世。现居郑州。

黄土地,红头发

红头发飘扬

这是我永远不能忘记的景象

麦子和苜蓿草

连成片的绿色

在大地上行走

步伐整齐

在植物和植物下面的黄土内部

潜伏着更多的秘密

不可理喻

而红头发就在这一切之上飘扬

在燕麦和大麦的上面

在青青的柳树和河流上面

在梦游、呼喊和奔跑的上面

这是什么样的身体

高举着谁的疯头发

是什么样的春天

让它的儿女狂奔和流浪

河流是浑浊的
它把泥沙隐蔽在这广大的平原上
并推动着平原向时间的深处无限发展
而绿色就这样从一粒种子
到数不尽的树叶和草丛
从奶牛粉白的乳房上面
从横生竖长的刺玫的花上
奔腾而来

红头发和绿色一起生长着
在绿色和天空之上
红头发像是红色的虫子在堆积
像是复述着平原的故事
像是我内心的土壤
向不可知的海岸蔓延

【赏析】

  这是一首很明朗也很隐蔽的诗。黄河塑造的大地悠远而生动，许多故事隐蔽在平原深处，"燕麦""柳树""奶牛""红头发"和绿色草丛像是前世今生，又像是一堆毫不相干的符号，它们是看得见的客观物象，又是不容错过的主体存在……没错，诗人就是这么写的，这同样是一首"存在客观主义"诗歌的代表作。(天涯)

大解

1957年生,原名解文阁,河北青龙县人,现居石家庄。主要作品有诗歌、小说、寓言等多种,作品曾获鲁迅文学奖等多种奖项。

黄河

暮色降临,黄河在我身边停了一下,
为了抵抗流逝,放慢了速度。

在时间的推移中,万物离开了源头,
黄河渐渐高于大地,它是双向的,
一头指向永恒的深渊,
一头维系着此在和过去。

黄河确立波涛,又一再推翻自己的命运。
当水和水角逐着,呼喊着,相拥而下,
只有它自己才能指认出自己,
创造和毁灭的基因。

究竟是服从了谁的安排,谁的旨意?
黄河赤裸着,在大地上俯下身来,
高原为它献出了泥土和贞操。

我的血液中泥沙俱下,
这野性的因子,也是黄河所给予。

黄河容忍了自己的杂质和污浊,
这肮脏的世俗的河流也是神圣的河流,
把古老的液体推向大海,
有如时间向寂静推动着翻滚的人群。

黄河在我身边停了一下,但不拒绝流动。
我们以不同的方式向终极靠近,
我将徒步离开人生,
而什么样的星辰,什么样的引力,
能够揭开暮色,把黄河与大地分开?

什么样的忧虑,使我低下了头颅?
在黄河岸边,我的悲哀也是双向的,
一面流浪着,一面固守和抵抗,
缓缓地沉入历史,一如黄河永世奔流,
而它的水,终要在深沉的海底获得安宁。

【赏析】

　　与其说是黄河"为了抵抗流逝,放慢了速度",不如说是诗人自己在黄河身边"停了一下"。他认同黄河双重的属性,认同自己和黄河的密切关系。他站在岸边思索这条大河和人的命运,因为忧虑而"低下了头颅"。毫无疑问,诗人思考的姿态是动人的。

邓万鹏

1957年生,吉林梨树人,现居郑州。著有诗集、散文集《时光插图》《走向黄河》《冷爱》《不敢说谎》等十余本。部分作品收入《新中国50年诗选》《中国诗典(1975—2005)》《中国诗歌年鉴(1993卷)》《中国诗歌年鉴(1995年卷)》《中国诗歌年鉴(1998年卷)》《绿风三十年诗选》《星星五十年诗选》《诗刊六十年诗选》等各类选集。

分界线

你指认:这就是分界线　沿着一阵风的尖端

我们看到的更为茫然

走动的大丽花　牡丹花　变种的月季花

聚集着　漂浮于天空的斜对面

演变流水　一条不可理解的河

通过这个秋天的下午　过去那些一直无法说出的

被提到渐冷的泥沙

这同样是我们不太容易接受的下午

你观察到一朵花　相对沉默

一朵太大的花　急速绽开

连续塌陷　芳香毁灭了

要是流水的暴力从前允许表现明显的虚弱

就不会有脚下的地理

风波与风波的历史从一万年以前就已经书写

相互扭打　并且相互依赖

不解释贯穿的内含　　但在这里

也没有人类的粉笔画出一条醒目白线　　被称为分界

一块石头站起　　说存在就是意义

流水和颠覆　　它无意反驳

开阔与平稳　　可以从这里集合吗

流动中奠基　　好像很早就开始着

我们的想法并不是在水上修建一个现代别墅

酒后　　满足于醉醺醺的打猎

一艘大船已经过来了　　那些人有那些人的固定

码头　　而我们只在乎我们的流程

【赏析】

　　诗人以黄河中下游之间的分界线为焦点，运用比较复杂的现代诗歌表现手法触及较为深刻的人生哲学命题，让读者在纷繁的意象领略中陷入经久的沉思。

位于桃花峪的黄河中下游界碑　　摄影／孟宪明

英伦

1957年生,本名谯英伦,山东齐河人。20世纪80年代中期开始文学创作,后搁笔20余年,2014年下半年重返诗歌现场,复出后先后在《诗刊》《星星》《诗选刊》《扬子江诗刊》等发表大量诗作,其作品入选《中国百年诗人新诗精选》等多种年度选本,出版《温柔的钉子》等4部诗集。曾获中国散文诗天马奖、齐鲁文学作品年展"最佳作品奖"、德州市政府"长河文艺奖"等数十种奖项。

黄河的浪是娘的心做的

在村东黄河里掬捧水喝
满嘴都是积雪和黄土的味道

在诗或文字中都写成母亲或祖国
在戴庄村,我们习惯叫她大河

她有蟒龙的巨大身躯
卧在村东上千年没有挪动

她有蚯蚓般柔韧的脾性
折九九八十一道弯,从不喊疼

从我记事起,黄河没淹死过村里人
倒是村后不深不浅的湾里,捞起过几回死人

我理解的是:庞大,意味着距离和恐惧
而父亲说:黄河的浪是娘的心做的

黄河谣

第一日我去寻亲

第二日听到母亲呼唤的声音

第三日她拥我入怀，泪如涛涌

第四日，她突然送我一条小小的鲤鱼

说，这是你的兄弟，你们要一起长大

哪怕四海流浪，忘记娘亲

第五日，第五日我寻仙人于山中

却遇见一棵失散的红柳

我们一起回到河滩，抱头痛哭

第六日我用黄沙炙烤周身

彻底治好了心脏卑怯和关节风湿

第七日，或许没有第七日吧

此后所有的日子，母亲啊

我都想在你最初的怀里，死去

【赏析】

  英伦是个用诗呼吸的人，有一颗不眠的诗心，在他生命里，诗歌就像那团"假寐"的火，诗意的火苗捂在他的心房，一直在他心底热着。因此，他的诗歌融沧桑和灵动于一体，就像日夜流淌在他身边的黄河水，无论低吟浅唱还是引吭高歌，都有着黄河一样的魂魄。他的诗句是沉重的，每一句每一行，都好像是坚砾的石子铺就，又似乎被泪水浸泡过，更像一枚枚钉子，深深镶嵌进生命的骨缝里，用疼作为活着的证词。在《黄河谣》里，我们见证了他与黄河的生死相依，便不难理解他的《黄河的浪是娘的心做的》，更认同他是地地道道的黄河之子。（张玉华）

杨克

1957年生，广西人。在人民文学出版社和台湾华品文创有限公司等出版《杨克的诗》《有关与无关》《我说出了风的形状》等11部中文诗集、4部散文随笔集和1本文集，日本思潮社、美国俄克拉赫马大学出版社等出版6种外语诗集，作品被翻译为15种语言在国外发表。获英国"剑桥徐志摩诗歌奖"、罗马尼亚版权总公司"杰出诗人奖"，广东首届德艺双馨中青年作家，广东首届特支人才文学领军人才，广东"鲁迅文艺奖"和"五个一工程奖"等十多种奖项。

高天厚土

江山是皇家的

河山才是我的祖国

一条绳索

勒进高原的脊背

那道深深的血印子

是我淤塞了的黄河

我是我自己的囚　囚在它

浑黄的波涛里

它那么黄　深过我的肤色

青铜　菊花　绢帛

五谷丰登的万顷秋浪

沧桑的黄土地

爬满皱纹的沟壑

看到黄河我就心惊

九曲十八弯

长久地冲刷　不断地沉积

壶口瀑布吐出几多浑浊的名字

越来越高的黄河

是警句　是箴言

就在我头上喧嚣流过

【赏析】

　　短短二十行诗，句句惊心，就像黄河大手笔挥洒的九曲十八弯，就像壶口瀑布惊人的一跃！没有对黄河深刻的理解，没有对黄河刻骨铭心的爱，怎能写出这样的诗句！

壶口瀑布　摄影/孟宪明

人邻

1958年生，祖籍河南洛阳老城，现居甘肃兰州。出版诗集《白纸上的风景》《最后的美》《晚安》，散文集《闲情偶拾》《桑麻之野》《找食儿》《行旅书》，评传《百年巨匠齐白石》等。

暗夜：压在大河之上的飞雪

雪

压住大河

严冬的狭隘空间

唯一活着的　是雪的纷飞

这暗夜的雪伤

清晰地抵达河面

而大河

　　黑暗汹涌

雪　落下

绝暗的河面　鳞伤遍体

这与其是说大河

在雪刃之下战栗

不如说是

雪要落得

　　十分痛快

雪落着

低低压着

愈近大河
那雪就
　落得愈快

河湾杂想

河堤漫步，尚未掖好衣领，
一股冷风窜过我的脸。
而河边杂树间，落叶凌乱，
荒草里，曾跟谁相约走过。

黄河洄水处，冰结得很厚。
有人喜欢这十二月的凛冽。
可我知道这河的源头，寒冷草甸一侧，
瘦弱的狼群，正煎熬着饥饿的骨头。

【赏析】

　　人邻曾在一篇关于诗歌的短文里写道："我们能否真正认知现实、当下？能否真正认知时空？能否真正认知我们周围的一切？我并不虚无，但是我得承认，我稍稍有点虚无。这虚无的好处，是我会转而试图寻找一些可以沉淀下来的'分量'，以便充实那些虚无。而随着年龄的增加，我也在不断怀疑那些原先我认定的'分量'，去寻找新的'分量'。"读人邻的这两首诗，我读出了那种"分量"——寂静、幽微，也读出了诗人悲天悯人的情怀。

黄水之上　摄影 / 王伟

耿翔

1958年5月生,陕西永寿人。中国作家协会第六次、第七次代表大会代表,参加诗刊社第九届"青春诗会",2010年随中国作家代表团出访塞尔维亚。已出版《长安书》《秦岭书》《马坊书》等诗歌、散文集10余部,作品获老舍散文奖、柳青文学奖、三毛散文奖及《诗刊》年度奖。

伏羲伏羲

那个画出乾坤的祖先
曾坐在陕北的黄土梁上
看着一条河流淌

——题记

1

这是伏羲氏读过天象的地方
一朵白云,上升在芸芸众生的头顶
像一首带着露水的民谣
开始沿河漂流

摇醒大地之湾,我的目光
也被摇向层叠千刃的断崖
看一脉黄水,把一堆象形一样的文字
狂放地写在大地的脸上
我被血液,时刻流热的心里
像留下一个人的叹息
天苍苍,野茫茫
跟着一群啃食的牛羊,我只能野唱

伏羲伏羲

让我毫无禁忌地，喊上一声

然后，把一只刚刚祭祀过的羊皮

踩成漂流的筏子

2

羊的灵性，还未被吹拂去的

羊皮筏子，带上一路漂流的我

也带上那本，被水声打得潮湿的经书

乾坤湾里，我们晒晒太阳

我问黄水，谁是阴鱼

我问土山，谁是阳鱼

我问一根，摇曳出神秘之音的白草

还记得伏羲？他遥望过的

那片蓝天呢？他仰卧时

压在身下的那片野草

还有虫鸟嘶鸣吗

一位揽羊人的鞭声

让我猛然抬起，思念亲人的头颅

一南一北，两只巨大的阴阳鱼

把山和水，扭结成万物诞生的

最初的图像。抱守在天地的

十分温情的臂弯里，我望见

东方的牡门：一脉黄水

两岸土山

伏羲伏羲

我想用沾血的手指，握一节白草之根

听听浆液里，是否留下

一个古人的声音

3

我想给每一根野枣的刺

涂上炎黄的阳光，扎破我在山崖上

抚摸了很久的手

只有这样，伏羲留下的

那些感天动地的日子

才会亲密无间地，与我保持着零距离

一块化石一样的残崖上

我看见一片手纹

像一枚刀刻的鸡血石

蘸着朱砂印泥，把一句又一句箴言

庄严且深刻地，盖在一颗

跳动着的心脏上

而天旋地转，我和一棵树

正独享着一座山头

看一朵白云，在左岸的山坳里游走

看一片炊烟,在右岸的村庄里升起
大地之湾,把星斗摇远
把蓝天摇近
把我和一棵,孤守在乾坤湾里的树
摇得更近

伏羲伏羲
留在我们身上的,那两块深红的胎记
也是一阴一阳

4

还是那只羊皮筏子
漂流在大地之湾,像从岩石的伤痕里
剥离岩画。而一只鹰
把我对这里的想象
也要全部带走

刻画月亮之神,可能在白天
刻画太阳之神,可能在夜晚
北斗的长勺,帮我把一脉汤汤的黄水
泼洒在降临的星空吧
乾坤湾里,枕着一丛
被水声洗黄的草木
让我的梦里,多一些骑白马的
英雄神话

或许是天地

正在这里作合？被万物的快乐所感染

我看见伏羲之后

一群女人，把自己有孕的身子

剪在大红的窗纸上

一群男人，把一身的威严

凿成门前的石狮子

归于黄土，也要让一座精美的画像石

遮风挡雨

伏羲伏羲

让我的羊皮筏子，把白天送入黑夜

把黑夜送到日出，把日出

送到黄水的东边

5

从西而来，把人群和五谷

推向两边的黄水

早把我的目光，从遍地牛羊的高原上

推向晋陕峡谷

把花儿放在上游，把腰鼓放在中游

穿越大地醒目的裂缝

我把痛苦和欢乐，放在身后

大地之湾里，能够踩着伏羲氏的脚印

我会从坚硬的石缝中

听出水的柔声

听出谁,把天地铺展开来

彩绘一对男女的故事

而仰望星空的日子

永远让伏羲,活在一种亢奋的状态里

一脉黄水,两岸土山

依偎着九州的轴心旋转

或许,是一次偶然的俯望

让他在苍茫的山水间

发现了两只对视天空的鱼眼

一只墨黑

一只雪白

伏羲伏羲

我在秋的气氛,开始升高的过程中

却看见两个村庄,一南一北

正忙着剥枣

6

当我把敬畏的目光

从平静下来的乾坤湾里,再度放飞时

一种更大的激动,像远处的高原

被黄水切开,又被黄水

推涌过来

遭遇这片罕见的地貌
我刻满岩画的心壁,像被猎鹰的翅膀
很幸福地擦伤
此刻,能清楚地复述
山水走向的人,是逐草而居的牧者
缠在他们腰上,一根草绳
不会让早起的身子
在落日前散架

而守着这群劳动者
伏羲,在向大地演示着另一种农事
五谷之外,他看见的庄稼
更像一座花园
数着二十四个节气,我从听雪的大寒
唱到立春的细雨。一路上
把多少座山留下
却把多少水放走

伏羲伏羲
我不如一位陕北女人,她手中的剪纸
一边剪着,这细致的山水
一边剪着,我粗糙的心

7

这是伏羲氏读过天象的地方
一片风声,上升在芸芸众生的头顶

像一阵带着响器的腰鼓

开始沿河击打

打下沟底,让山水的根脉上升

打上山坡,让万物的血气上升

鼓声里,我看见伏羲氏

还神游在他的乾坤湾里,用黑白二色

挥洒东方的水墨

就像一位孩子

把父亲画成,一尾黑鱼

把母亲画成,一尾白鱼

伏羲伏羲

让我在大地之湾,把一部比天地山水

还要精美的书,影印在汤汤的

黄水之上

【赏析】

  为什么是伏羲伏羲?毫无疑问,这是大河之源、大地之湾的精神向导,是拥揽乾坤、俯仰大地的星中北斗。作为歌者的耿翔始于忠实的叙述,展开凝重的叩问,他把自己的身心参与到天地之间那些寻常的事物,生发出奇崛的诗句,太阳月亮、白云炊烟、山坳村庄、男人女人、英雄神话。大河沉淀在乾坤湾,日月幻化为太极图。他的目光深情并充满敬畏,他以对视天空的鱼眼,洞见墨黑雪白的色彩,他的能见度投射在劳动的庄稼和数着二十四节气的花园,把山留下,把水流走。耿翔就是这样以一种杰出的诗性,不断撷取历史与现实、自然与风物,裹挟着最美的风雨,抒写感天动地的交响。(张念贻)

曲近

1958年5月生,本名付学乾,河南省内乡县人。中国作家协会会员、新疆兵团作家协会副主席、《绿风》诗刊原主编。曾出席第六、第七、第九次中国作家协会全国代表大会。在《诗刊》《十月》《星星》《中国作家》《鸭绿江》《作家》《诗歌月刊》《作品》《散文选刊》《读者》等报刊杂志发表作品2000余首(篇),作品多次获奖并收入各种选集,出版诗文集《一壶月光》《烟火弥香》等8部。

黄河第一弯

出山后突然耍了个心眼

大写意的潇洒一笔

勾画出了黄河第一弯

一个巨大的S形

推动磅礴的气势向前

太直的河流不算河流

太直的河流不会有故事流传

风平浪静

黄绸缎一样的河水嵌于大山之间

不见轻舟

不见帆

只有陡峭的岸

耸立如墙地细心维护着黄河的尊严

走出开阔和舒缓

之后的九曲十八弯

曲曲逼命

弯弯惊险

涛声拍岸而过

白云躲进蓝天

只有巡山的苍鹰啸然盘旋

护送黄河走出高原

【注释】

此诗所写黄河第一弯，位于甘肃省甘南州玛曲县。黄河自青海流入甘肃玛曲县，迂回433公里后又流回青海，形成了天下黄河第一弯。

【赏析】

曲近是一位用人格和灵魂写诗的诗人，一位诗品与人品浑然一体的诗人。生活中的他崇尚古典而内心又不拘谨于古典，为人坦诚而又讲求原则，不事张扬又身怀忧郁，理智冷峻却不乏灵秀、机智和热情，有一种儒雅气质。这些个性品质漫渗其诗中就有了典雅冷峻、遒劲深刻、孤高硬朗的主题风格的形成。他的诗有一种大气、雅气、正气、硬气和骨气，是外在的刚健、深沉、冷峻与内心的灵秀、敏感、炽热的融合，也是孤高执傲之"小我"与忧国忧民之"大我"的融合。（彭惊宇）

王久辛

1959年生于西安,祖籍河北。曾任《西北军事文学》副主编,《中国武警》主编、编审,大校军衔。先后出版诗集《狂雪》《狂雪2集》《致大海》《香魂金灿灿》《初恋杜鹃》《对天地之心的耳语》《灵魂颗粒》《大地夯歌》等8部,散文集《绝世之鼎》《冷冷的鼻息》,随笔集《他们的光》,文论集《情致•格调与韵味》等。2008年在波兰出版发行波文版诗集《自由的诗》,2015年在阿尔及利亚出版阿拉伯文版诗集《狂雪》。首届鲁迅文学奖诗歌奖获得者和首届方志敏文学奖诗歌奖获得者。

只能是苦恋

——致黄河

无话可说。

面对她,面对她以涛声和黄颜色的波液跳跃的神情,只能无话可说。

不管你是谁。

是修鞋匠、是诗人、是舞蹈家、是令人尊敬的老师,等等,都可以。但是无话可说,她躺在大地上,大地上有了山。山,送她远行;帆,在挥手……

但是无话可说,真的。

你将往日的情书撕碎,然后扔进她滚滚的漩涡之中,然后,坐下来,望着被卷走的恋情,一遍又一遍地流泪,流忧怨凄婉的泪,流死不瞑目的泪,流说不清道不明的泪……

没有一阵风,能吹奏一刻安慰,没有一种波息,能传来熟悉的芬芳,流着,泪水流着,流进去多少,她接纳多少,这无声无情的恋人!

她愿接纳任何人的任何方式的苦难泪水,但是她不接纳任何语言,任何语言包括动听或泣鬼神的圣乐以及任何明丽莺转的燕呢,等等,都无法叩动她的心扉!

　　她在她自己充满悲哀的旋律中倾听命运,然后,一遍遍地重播哀乐,她的脸上充满了圣洁,充满了牧师般虔诚的黄金色,嘴角,倔强地卷着不屈不挠的浪峰,惊心动魄!双眸,仿佛老船长辨航的眼睛,注视着前方的航标灯……

　　无声无息,祈求或者决裂,渴望或者背道而驰,都无声。推翻一座山,砸向她胸怀,仍然是无声,甚至呻吟、甚至轻哼……

　　她巨大的承受力以无声表现。

　　只能如此,只能默默地望着她,忍受她无言的顽强。

　　与她对话只能得到涛声和黄颜色的波液。

　　爱她,或者恨她,都无用。

　　不管你是谁。

　　骂她,咒她,无声。

　　真想永远离她而去,永不回返。涛声,那生命力不竭的涛声,久久地激荡着我,在梦中,尤其强烈。

　　我站在她的身边,两行热泪涌出。我可以感受到那永恒的旋律,却无法破译那主题;我可以肯定她黄色的皮肤,却无法辨认她体内涌动的血色。

　　我——只能揣着不知是爱还是恨的,激动的、不安的、无声的等等,多种样式复合起来的欲望——望着她,久久地望着她。

　　毫无希望,不管你是谁。

　　你与她,是两个完全不同的生命形式。

　　猫能爬树,但不是树,无法结合。

　　只能绝望。

　　越早越好。

　　或者,只能是苦恋,无任何结果的苦恋。

【赏析】

　　王久辛的诗被普遍认为具有厚重的历史感、明确的社会责任感和担当意识。这首发表于1988年10月的诗作,已展现出王久辛的诗歌才华和诗歌个性,其投向历史深处及民族未来的目光深邃凝重,其所营造的诗歌气场已弥漫字里行间……

致黄河　摄影/孟宪明

李自国

1959年9月生,笔名西村,四川富顺人。中国作家协会会员、《星星》诗刊副主编、四川省作家协会主席团委员。在国内外各大报刊发表诗歌近千件,出版有专著《第三只眼睛》《场——探索诗选》《生命之盐》《西村诗话》《骑牧者的神灵》(中英文)等14部。作品曾多次获奖,并入选百余种选集。

黄河壶口大瀑布

用来路的施舍,摆渡你的壶口瀑布

用金子与银两的相守,放养你的佛光和峡谷

用雷霆来梳洗,用十万马匹的嘶吼来浇铸

你已经气宇轩昂、高尚、排江倒海、你有风暴做成的心胸

你有野马奋蹄做成的流量,你有万卷波涛做成的恢宏

你是白羊肚手巾,你是油馍馍,你是青砖窑洞

你是大裆裤,你是北大才子,你是博士后

你是裹腿,你是曾经的游牧民族

你是解放前,你是童养媳,你在壶口张着血盆大口

你闹过水荒、粮荒、人荒、心荒、天荒地荒

你是吃了上顿没下顿的贫下中农

从时间上的皑皑白雪,把你比喻成黄沙黄土

从空间里的悠悠远古,把你诵读出云卷云舒

属于你肉体火焰的北方,从春走到冬

从年走到月走到日走到秒,从浪走成沙走成雨走成雾

而我从山之西、云之端出发,一路向西

先从安泽羊肠,走山西梆子,走国道,走晋剧

走临汾刀削面，走临吉高速

人走了五千年崎岖不平的哲学或思想

银河飞渡为你而长驱，你的流淌你的沟沟壑壑

逝者如斯夫，你还在用黄河水昼夜不停地燃烧吗

浪花飞溅的全是石油、火电、风电、新能源

你远走他乡，我离你而去，你还在用荷尔蒙咆哮，用粮食怒吼吗

夜幕降临，你用汉语、英语、法语、藏语、彝语、陕北土语

说出了一条河流最初最完整版的大语种河流

"君不见黄河之水天上来，奔流到海不复回

君不见高堂明镜悲白发，朝如青丝暮成雪"

君不见水陆辽远的编钟大吕宏湖

你用水中的火把赶走了很长很苍老的路

还有虎口，还有牛、羊、豹，还有马、骡、驴等大牲畜

你有时是秧歌，有时是信天游，有时是泰戈尔

有时是惠特曼，有时是李白杜甫双子星座

还有艾伦·金斯堡嚎叫派，还有吞吐量最大的地铁口

还有小米加步枪，还有狗头枣与土豆加毡帽

你有时是小二黑，有时是白毛女，有时是天狗吞月

你是夺烂天不补，你是永不熄灭的红星二锅头

我是壶口，我是水文、牧草、气候、野生植物

我曾是从小喝长江水长大的子民

你是在用瀑布的放肆、天地的任性喊我吗？

让我皈依你的壶口,我的万卷波涛被你一壶收
一点也不留,一句话也不漏,一天也不放过
还是让我高举起你的漂泊,你的生与死、荣与辱

我是壶口,来自睡梦的源头不屈漂流
又有多少河谷,觅食或寻欢,悲泣或呼啸
在风卷残云、浪打船帆中各自嘹亮
奔向山岗,在茂密的黑森林深处云游
哪一棵树,是魔鬼丢失在壶口的拐杖
哪一座庙,是上苍遗落在壶口的佛光
哪一群人流,是摇篮过你、开垦过你
种植过你的生父生母,我是壶口
我有兽性我通人性我还有灵性
我有行走大地的翅膀,我有插入云霄的手脚

预言被河流带走,让河的豹吃我,河的胆吃我吧
河的草、河的风浪也吞噬我
吃我的黑发,变成一缕都市的龙卷风
吃我的眼睛变成两盏黑灯的瞎火
吃我的衣服在远处发光,让梵音蔓延
风吹呀灯亮呀旗飘呀,我是黄河,我就是壶口
我是火种我是雷霆,我是墓地我是刀峰浪谷

今夜,让河流将我漂流成一颗水淋淋、湿漉漉的地球
我是壶口,人间皈依河流,如今我跳进黄河水
深邃而完整地洗一洗我的灵魂与自由

我还有一壶先人遗留的酒，邀你共醉黄河、放纵黄河

我还要麻烦一下黄河，麻烦亲让我从你磅礴的故事里沿途返回

在命运的另一侧，河流重拾人间的大慈大爱

神灵赐予的壶口衣衫长袖，你让我深挖你灌溉你

让我辗转从陕北从延安出发，时光的漂流中

三个月我已两次入壶口入你的血肉

从南滨大道进入燕沟路、临姚路、沿黄观光路

一路向东，一路向东，再入延壶路

有胆就来，有恩就来，有苦难与幸福的都来

走到底就是壶口，走到底已是日暮时分

冥冥之中的日暮，冥冥之中的黄河

今生今世，从你血液的喧哗声中，在众山之上

我用诗歌的烈焰，在壶口生擒了十万头瀑布做的野兽

【赏析】

　　李白有诗云，"黄河之水天上来，奔流到海不复回"，他在另一首诗中感叹，"飞流直下三千尺，疑是银河落九天"。我觉得，这几行诗句合在一处，似乎是专为黄河壶口瀑布写的，尽管后者实际的描写对象却是庐山瀑布。李自国的这首诗乃有感而发，他企望以诗歌去"生擒"那"十万头野兽"似的大瀑布。在黄河之水的猛烈冲撞和驱使之下，他落笔掀起一股语言的波涛，意欲席卷现实与历史、华夏与欧陆、黄土与蓝天、自然与人性……同时也借此机会来濯洗一下自己的灵魂。整首诗的语调绵长而激越，诗中每个细节的呈现都像一朵浪花在翻动，它们相互推搡、缀连、催生，让日常在诗意的组合中完成了艺术的转换。由此，诗人通过现代汉语向李白与黄河表达了自己至深的敬意，让美和自由获得了一次拥抱。（汪剑钊）

耿占坤

1960年生,河南柘城人,现居青海西宁。主要著作有:《青海湖传》《爱与歌唱之谜》《大香格里拉坐标》《远去的山寨》《四季落叶》《黄河传》等。

黄河传(节选)

引子:三种墓志铭

1

这里埋葬着、生活着、孕育着一条大河。
这是不可逾越的今日之日,
也是从未结束的过去和已经开始的未来之时。
所以这里是你的摇篮、你的家、你的墓地。
你的身体比受伤的藤蔓还要扭曲,
在漫长的道路上,并非要为谁留下更多风景。

你只是一条汤汤流水,大地的行者;
昂首直立而行,踏破东方大陆紧锁的阶梯;
缓急与丰歉,皆因天地气象的缜密或者疏漏。
除了随身携带风雨泥沙,你孑然一身了无牵挂;
鱼鳖以及无心的芦苇,寻求养育,自生自灭,
你维护或者创造一种秩序,仅为义务而非责任。
你穿越高原如同破竹的楔子,锐角突入大地,
所到之处岩石迸飞,厚土的年轮层层开裂;

却又在放弃抵抗的平原筑起沙与水的大墙。

你是自在和自然而然的元素。
你在万物的世界流淌,我们不能与你分享世界。
善恶之争不存你体内,美丑之分无关你面貌,
也无所谓心地性情的宽厚仁慈或者乖张暴虐。
你不思考,不批评,不判断,更不裁决。
你沿着一条道路或者开辟另一条道路奔走,
无非遵循造化的安排,一种与生俱来的力量。
如果人们从来不提起,不讨论,也不演绎,
你就在那里,置之度外,不多也不少。
除了接纳与汇聚,喜怒哀乐从不入于胸次。

你在周而复始的冷热之间穿流成河;
身外物质的丰沛或者富足你从不留意。
我们感悟自然,知道终有一天你会消亡,
却不能断定,你将在寂寞的喘息中耗尽生命,
还是迸发一声呐喊粉身碎骨。
因为在天伦地理之中,你是一条纯粹的河流,
从出发到回归。

2

这里埋葬着、生活着、孕育着一条大河。
这是不可逾越的今日之日,
也是从未结束的过去和已经开始的未来之时。
所以这里是你的摇篮、你的家、你的墓地。

你的灵魂是话语中流血的荆棘之鸟,
在闪电击中的黑夜,对谁显示着悲剧的形象?

你是一条制定度量与戒律的河。
你恪守信诺,引渡亡灵往返于阴阳虚实之间,
却又将无数生命的托付肆意戏弄于股掌。
你所选中之人都狂热或者无奈地与你形影相随。
在君主制度下,有人一出生就注定成为君主,
在奴隶制度中,有人一思维就暴露了奴隶本性。
你迷恋血与酒的祭祀,贪享恐惧与祈求的供奉,
众人屈膝匍匐,你踏着怨恨的台阶登上圣坛,
创造一个有形的时空,又最终消融于虚无。

你是神秘和不确定性的元素。
你在符号世界流淌,万物不能与我们分享象征。
你被禁锢磨灭意志,以自由换取生存;
又因极度绝望而崩溃,以暴虐的死亡守护灵魂。
如果你拒绝朝觐,诸神则无权要求神圣;
如果你不作证,人伦的庙堂便会失去支撑。
你否定的一切被抛弃,你认同的一切被收藏。
从懵懂之日,你已被赋予惩处与救赎之力,
手执权杖,在铁与火的仪式中舞蹈。
轮回的全部奥秘只在你的话语中敞开大门。

你在生命与文字的废墟中穿流成河;
你流向何方,历史的仆人就跟随你走到哪里,

神灵的预言和剑锋就指向哪里。
我们体味生命,知道终有一天你会消亡,
因为死神早已妒忌,你的荣耀和痛苦无可模仿。
背负荆棘头戴冠冕,你是罪与罚塑造的图腾,
从古至今。

3

这里埋葬着、生活着、孕育着一条大河。
这是不可逾越的今日之日,
也是从未结束的过去和已经开始的未来之时。
所以这里是你的摇篮、你的家、你的墓地。
你的命运比风的声音还要破碎,
在飘忽的背景里,并非要为谁讲述更多的故事。

你是血脉之身,也是唯一拥有骨骼的河。
饥馑、创伤与眼泪,哺育、抚慰和欢笑,
你脆弱的腰肢蕴藏着抵御风雪的女人之柔韧,
劳作的身躯每一次弯曲都孕育女人的浪漫。
你因为生活于粗劣的土地而安于贫贱,
因为走过苍茫的北方之夜而懂得寂寞的美丽。
你为一席蒲草的柔软和一碗糜粥的温热而满足,
又对一头黄牛的忠诚依赖充满无尽感激。
当你回眸一笑,干涸的土地就已经浸满馨香,
你闭上眼睛,流沙眸子里的繁星瞬间坠入黑暗。

你是黄色皮肤和金色灵魂的元素。

你在我们身体上流淌,万物不能分享你的悲喜。
你蜷曲黑暗角落,以证明远方光明的存在,
你在冷酷冰封下挣扎,以昭示温暖季节的到来。
从汩汩清泉的少女,到浪卷黄沙的祖母,
上下与内外,人人都爱你,或者怕你、恨你。
当然你知道人人都爱你,或者怕你、恨你;
然而在这之后,也有人懂得理解你珍惜你吗?

你在芸芸众生中穿过,生死就是你的身份;
于是在你日子染黄的包袱里,就背负了
冰火相伴的悲欢离合,饥寒冷暖,爱恨情仇。
我们感悟生活,知道终有一天你会消亡,
因为你知道,永恒的事物没有价值。
你操劳生殖和种植,终于成为一个完整的女人,
从生到死。

【赏析】

  《黄河传》是一部真正意义上的大诗,它以拟人化的手法讲述黄河的身世命运,将传统文化元素如木、金、风、土、火、水根据不同章节的地理历史特征,巧妙融入其中。同时关注在黄河流域生存的不同族群,包括藏、羌、回、蒙古、汉等民族,力求讲述黄河文化的多元一体,体现人民生活生存的共同命运,写出了整个中华民族的厚重历史和精神脉络。在《引子:三种墓志铭》中,则铺垫了黄河作为自然之河、文明之河、生命之河的三种身份,结构大气考究,语言如行云流水,引人入胜。

丛小桦

1960年7月生,山东海阳人。诗人、摄影师。出版有诗歌、散文及随笔集《夜郎村》《蓝火焰的夏天》《分行的现实》《散漫的河流》《言说的石头》《行走的村落》《中国民间绝景》等。热衷于黄河流域民俗民艺的调查与摄影。

黄河上的几个著名渡口

风陵渡

地处三省交界

位于潼关之东的芮城境内

离秦始皇陵近

离古代风后的陵寝近

如果扯到西安

它还离摄影家侯登科和胡武功近

离小说家贾平凹和陈忠实近

离诗人伊沙和秦巴子近

孟津渡

位于孟津县老城

离九朝古都洛阳近

离诗圣杜甫的巩县瑶湾村近

离铁笔书法家王铎的故居近

离人文鼻祖伏羲的庙宇近

后人治理开发老黄河

它还离小浪底水利枢纽的水库大坝近

柳园口渡

位于开封北郊

不用说自然是离大宋曾经的都城近

也离赵匡胤黄袍加身的陈桥近

离北宋画家张择端

在《清明上河图》中描绘的生活场景近

离我妻子的老家杜良乡的王庄近

孙口渡也叫将军渡

在黄河下游的台前县

台前如今属于濮阳市

我就住在这个城市里

所以孙口渡离我和我的妻子近

离山东也近

这里曾是刘邓大军的渡河处

因为属于下游的悬河河段

所以离洪涝灾荒也近

【赏析】

  现代诗越来越成为一门专业，构成现代诗的某些要素决定了以牺牲即兴写作为代价，诗人们对现实生活要进行长时间的沉淀和酝酿，这不能不说是现代诗的一个遗憾。我们看到丛小桦在有意恢复这种古老的即兴写作功能，他的这种努力使我们看到了现代诗歌新的可能性。尽管他是冒险的，是以牺牲现代诗的某些功能为代价的，比如说象征、变形、隐语、诗意等，然而它又是有价值的。作者写黄河的诗基本上都是即兴写作，他把它称为"记录诗歌"或者"记事诗歌"，这无疑有些开创性质。（马新朝）

邵超

1960年生,河南省周口市人。中国作家协会会员、中国诗歌学会理事。曾在《诗刊》《十月》等国内外数十家报刊发表诗歌等作品1600余首(篇),著有诗集《心箫如水》《花韵》《另一种目光》《魅力诗人.邵超卷》《一阵风吹来》《沉浸》,散文诗集《碎片》《周口散文诗九家.邵超卷》等。诗文入编多种选集和中学辅助教材,并数次获得《诗刊》《星星》等颁发的诗歌奖项。

在黄河边漫步

古人呢?来者呢?一个人
悠闲地在黄河边漫步
无怆然也无涕下,只见天地悠悠
宛转向下,宛转向下
缓缓如河水一样流淌
在波光粼粼里,把自己放逐
这样,我可以尽情感受
水往低处流的惬意
越走越低,那里有百草葳蕤
有蚂蚁的畅快

走着走着,我会
不经意地折过头来
宛转向上,宛转向上
沿着九曲连环的步履行走
一如一尾浪中白条,逆流而进
这样,我可以倾心体味
人往高处走的快感

越走越高,那里有钻天杨的蓊郁
有云雀子的欢愉

上悠哉,下游哉;高自由,低自在
前淡然,后从容;来逍遥,往物外
不知是一个人陪伴一条河流
还是一条河流陪伴一个人

【赏析】

  在黄河边漫步是一种意境,在漫步中变幻着一些哲思妙想,更是一种意境。由实入虚,诗意缭绕,留给读者许多美好的想象空间,是这首诗的一大特色。(枫岸)

河流 摄影/王伟

吉狄马加

彝族，1961年生，四川凉山人。中国当代具有广泛影响的国际性诗人之一。其作品已被翻译成近40种文字，在几十个国家出版了80余种版本的翻译诗集。现任中国作协副主席、书记处书记。曾获中国第三届新诗（诗集）奖、郭沫若文学奖荣誉奖、庄重文文学奖、肖洛霍夫文学纪念奖、国际华人诗人笔会中国诗魂奖、南非姆基瓦人道主义奖等。创办了青海湖国际诗歌节。

大河

——献给黄河

在更高的地方，雪的反光

沉落于时间的深处，那是诸神的

圣殿，肃穆而整齐的合唱

回响在黄金一般隐匿的额骨

在这里被命名之前，没有内在的意义

只有诞生是唯一的死亡

只有死亡是无数的诞生

那时候，光明的使臣伫立在大地的中央

没有选择，纯洁的目光化为风的灰烬

当它被正式命名的时候，万物的节日

在众神的旷野之上，吹动着持续的元素

打开黎明之晨，一望无际的赭色疆域

鹰的翅膀闪闪发光，影子投向了大地

所有的先知都蹲在原初的那个入口

等待着加冕，在太阳和火焰的引领下

白色的河床，像一幅立体的图画
天空的祭坛升高，神祇的银河显现

那时候，声音循环于隐晦的哑然
惊醒了这片死去了但仍然活着的大海
勿须俯身匍匐也能隐约地听见
来自遥远并非空洞的永不疲倦的喧嚣
这是诸神先于创造的神圣的剧场
威名显赫的雪族十二子就出生在这里
它们的灵肉彼此相依，没有敌对杀戮

对生命的救赎不是从这里开始
当大地和雪山的影子覆盖头顶
哦大河，在你出现之前，都是空白
只有词语，才是绝对唯一的真理
在我们，他们，还有那些未知者的手中
盛开着渴望的铁才转向静止的花束
寒冷的虚空，白色的睡眠，倾斜的深渊
石头的鸟儿，另一张脸，无法平息的白昼

此时没有君王，只有吹拂的风，消失的火
还有宽阔，无限，荒凉，巨大的存在
谁是这里真正的主宰？那创造了一切的幻影
哦光，无处不在的光，才是至高无上的君王
是它将形而上的空气燃烧成了沙子
光是天空的脊柱，光是宇宙的长矛

哦光，光是光的心脏，光的巨石轻如羽毛
光倾泻在拱顶的上空，像一层失重的瀑布
当光出现的时候，太阳，星星，纯粹之物
都见证了一个伟大的仪式，哦光，因为你
在明净抽象的凝块上我第一次看见了水

从这里出发。巴颜喀拉创造了你
想象吧，一滴水，循环往复的镜子
琥珀色的光明，进入了转瞬即逝的存在
远处凝固的冰，如同纯洁的处子
想象吧，是哪一滴水最先预言了结局？
并且最早敲响了那蓝色国度的水之门
幽暗的孕育，成熟的汁液，生殖的热力
当图腾的徽记，照亮了传说和鹰巢的空门
大地的胎盘，在吮吸，在战栗，在聚拢
扎曲之水，卡日曲之水，约古宗列曲之水
还有那些星罗棋布，蓝宝石一样的海子

这片白色的领地没有此岸和彼岸
只有水的思想——和花冠——爬上栅栏
每一次诞生，都是一次壮丽的分娩
如同一种启示，它能听见那遥远的回声
在这里只有石头，是没有形式的意志
它的内核散发着黑暗的密语和隐喻
哦只要有了高度，每一滴水都让我惊奇
千百条静脉畅饮着未知的无色甘露

羚羊的独语,雪豹的弧线,牛角的鸣响
在风暴的顶端,唤醒了沉睡的信使

哦大河,没有谁能为你命名
是因为你的颜色,说出了你的名字
你的手臂之上,生长着金黄的麦子
浮动的星群吹动着植物的气息
黄色的泥土,被揉捏成炫目的身体
舞蹈的男人和女人隐没于子夜
他们却又在彩陶上获得了永生
是水让他们的双手能触摸梦境
还是水让祭祀者抓住冰的火焰
在最初的曙光里,孩子,牲畜,炊烟
每一次睁开眼睛,神的面具都会显现

哦大河,在你的词语成为词语之前
你从没有把你的前世告诉我们
在你的词语成为词语之后
你也没有呈现出铜镜的反面
你的倾诉和呢喃,感动灵性的动物
渴望的嘴唇上缀满了杉树和蕨草
你是原始的母亲,曾经也是婴儿
群山护卫的摇篮见证了你的成长
神授的史诗,手持法器的钥匙
当你的秀发被黎明的风梳理
少女的身姿,牵引着众神的双目

那炫目的光芒让瞩望者失明

那是你的蓝色时代，无与伦比的美

宣告了真理就是另一种虚幻的存在

如果真的不知道你的少女时代

我们，他们，那些尊称你为母亲的人

就不配获得作为你后代子孙的资格

作为母亲的形象，你一直就站在那里

如同一块巨石，谁也不可以撼动

我们把你称为母亲，那黝黑的乳头

在无数的黄昏时分发出吱吱的声音

在那大地裸露的身躯之上，我们的节奏

就是波浪的节奏，就是水流的节奏

我们和种子在春天许下的亮晶晶的心愿

终会在秋天纯净的高空看见果实的图案

就在夜色来临之前，无边的倦意正在扩散

像回到栏圈的羊群，牛粪的火塘发出红光

这是自由的小路，从帐房到黄泥小屋

石头一样的梦，爬上了高高的瞭望台

那些孩子在皮袍下熟睡，树梢上的秋叶

吹动着月亮和星星在风中悬挂的灯盏

这是大陆高地梦境里超现实的延伸

万物的律动和呼吸，摇响了千万条琴弦

哦大河，在你沿岸的黄土深处

埋葬过英雄和智者，沉默的骨头

举起过正义的旗帜,掀起过愤怒的风暴
没有这一切,豪放,悲凉,忧伤的歌谣
就不会把生和死的誓言掷入暗火
那些皮肤一样的土墙倒塌了,新的土墙
又被另外的手垒起,祖先的精神不朽
穿过了千年还赶着牲口的旅人
见证了古老的死亡和并不新鲜的重生
在这片土地上,那些沉默寡言的人们
当暴风雨突然来临,正以从未有过的残酷
击打他们的头颅和家园最悲壮的时候
他们在这里成功地阻挡了凶恶的敌人
在传之后世并不久远的故事里,讲述者
就像在述说家传的闪着微光温暖的器皿

哦大河,你的语言胜过了黄金和宝石
你在诗人的舌尖上被神秘的力量触及
隐秘的文字,加速了赤裸的张力
在同样事物的背后,生成在本质之间
面对他们,那些将会不朽的吟诵者
无论是在千年之前还是在千年之后
那沉甸甸丰硕的果实都明亮如火
是你改变了自己存在于现实的形式
世上没有哪一条被诗神击中的河流
能像你一样成为一部诗歌的正典
你用词语搭建的城池,至今也没有对手

当我们俯身于你，接纳你的盐和沙漏
看不见的手，穿过了微光闪现的针孔
是你重新发现并确立了最初的水
唯有母语的不确定能抵达清澈之地
或许，这就是东方文明制高点的冠冕
作为罗盘和磁铁最中心的红色部分
凭借包容异质的力量，打开铁的褶皱
在离你最近的地方，那些不同的族群
认同共生，对抗分离，守护传统
他们用不同的语言描述过你落日的辉煌
在那更远的地方，在更高的群山之巅
当自由的风从宇宙的最深处吹来
你将独自掀开自己金黄神圣的面具
好让自由的色彩编织未来的天幕
好让已经熄灭的灯盏被太阳点燃
好让受孕的子宫绽放出月桂的香气
好让一千个新的碾子和古旧的石磨
在那堆满麦子的广场发出隆隆的响声
好让那炉灶里的柴火越烧越旺
火光能长时间地映红农妇的脸庞

哦大河，你的两岸除了生长庄稼
还养育了一代又一代名不虚传的歌手
他们用不同的声调，唱出了这个世界
不用翻译，只要用心去聆听
就会被感动一千次一万次的歌谣

你让歌手遗忘了身份,也遗忘了自己

在这个星球上,你是东方的肚脐

你的血管里流淌着不同的血

但他们都是红色的,这个颜色只属于你

你不是一个人的记忆,你如果是——

也只能是成千上万个人的记忆

对!那是集体的记忆,一个民族的记忆

当你还是一滴水的时候,还是

胚胎中一粒微小的生命的时候

当你还是一种看不见的存在

不足以让我们发现你的时候

当你还只是一个词,仅仅是一个开头

并没有成为一部完整史诗的时候

哦大河,你听见过大海的呼唤吗?

同样,大海!你浩瀚,宽广,无边无际

自由的元素,就是你高贵的灵魂

作为正义的化身,捍卫生命和人的权利

我们的诗人才用不同的母语

毫不吝啬地用诗歌赞颂你的光荣

但是,大海,我也要在这里问你

当你涌动着永不停息的波浪,当宇宙的

黑洞,把暗物质的光束投向你的时候

当倦意随着潮水,巨大的黑暗和寂静

占据着多维度的时间与空间的时候

当白色的桅杆如一面面旗帜,就像

成千上万的海鸥在正午翻飞舞蹈的时候
哦大海！在这样的时刻，多么重要！
你是不是也呼唤过那最初的一滴水
是不是也听见了那天籁之乐的第一个音符
是不是也知道了创世者说出的第一个词！

这一切都有可能，因为这条河流
已经把它的全部隐秘和故事告诉了我们
它是现实的，就如同它滋养的这片大地
我们在它的岸边劳作歌唱，生生不息
一代又一代，迎接了诞生，平静地死亡
它恩赐我们的幸福、安宁、快乐和达观
已经远远超过了它带给我们的悲伤和不幸
可以肯定，这条河流以它的坚韧、朴实和善良
给一个东方辉煌而又苦难深重的民族
传授了最独特的智慧以及作为人的尊严和道义
它是精神的，因为它岁岁年年
都会浮现在我们的梦境里，时时刻刻
都会潜入在我们的意识中，分分秒秒
都与我们的呼吸、心跳和生命在一起
哦大河！请允许我怀着最大的敬意
——把你早已闻名遐迩的名字
再一次深情地告诉这个世界：黄河！

【注释】

扎曲、卡日曲、约古宗列曲：为黄河源头三条最初源流的名字。

【赏析】

　　黄河是中华民族的母亲河，千百年来源源不断地向中华儿女提供着新鲜的营养。诗人吉狄马加曾在青藏高原工作生活多年，对黄河有着非同一般的情感。这首献给黄河的300多行的长诗，是诗人对黄河的深情咏唱，情感饱满纯粹，语言大气磅礴，风格壮阔高昂，为我们呈现出了诗性、神性而伟大的母亲河形象。

上游的黄河风光　摄影 / 陈维达

刘向东

1961年生,河北兴隆县人。中国诗歌学会副会长、河北省作家协会副主席、《诗选刊》主编。出版诗文集《母亲的灯》《落叶飞鸟》《诗与思》《沉默集》以及英文版《刘向东短诗选》和塞尔维亚文版《刘向东的诗》等26部。作品入选《中华人民共和国50年文学精华》《中国新诗百年百首》等两百多个选本,被翻译成英、俄、法、德等多国文字。曾获中国作家协会优秀作品奖、冰心散文奖、孙犁文学奖等。

大河

晨雾消散了

大河在我身边停住

黄土,一疙瘩一疙瘩堆积黄土

当摆渡的大船摆过来

才知道大河依旧是大河

河山依旧

落日沉沙

大河在我脚下停住

斗水七升泥沙

黄土推动黄土

我担心大河不再流动

不再追问谁主沉浮

多少回想打马重走泥丸

打探大河的源头

汉霸二王城

半城东流

大河在你热血中停住

你在铁窗前听风听雨

披一身飘飘白发

自己枕着自己的头颅

死不瞑目

听鱼龙倾诉

先人临水结庐

大河在历史深处停住

为什么大禹俯身水浒

三年不腐

男女老少崇拜龙

任其经风经雨

盘绕于江山一柱

是黄河清了出圣人

还是圣人出了黄河清

大河因沉重而失去速度

最终在奔腾的回声中停住？

上溯五千年

拖泥带水的心愿

是这样的心愿

老河口锅碗瓢盆倒扣着

为种子拢住大地之气

而血汗推动一天灯火

半是抵达

半是幻影

【赏析】

　　这是一首现场感很强的诗,语言朴素、形象、凝练且韵味十足,让读者仿佛和诗人一起置身大河边,看"黄土,一疙瘩一疙瘩堆积黄土",看"黄土推动黄土"。这又是一首历史感很强的诗,前面五个段落的五个"停住",表现出诗人宏阔的视野、深刻的忧思和自觉的使命感。全诗不落窠臼的表达,极富质感和张力。

土厚草盛　摄影/孟宪明

柯林

1961年生,本名王凛,陕西蓝田人,现居西安。从二十世纪八十年代开始文学创作,成名作诗歌《麦客》影响广泛。出版诗集《回阳时节》《生在乡间》《普通生活》《一点爱意》《寓言》《心灵简史》《柯林短诗选》,长篇小说《玉纸》,随笔集《柯林品三国》。作品入选《二十世纪著名华语青年实力诗人代表作选》《中国实力诗人作品选读(1940—2015)》等多个选本。曾获西安文学奖。

黄河

不用告诉我

我也知道

我的生命与黄河有关

我一生的荣辱

都与黄河紧紧相连

黄河啊

你苍老的水

多么像我的眼睛

你奔突不息的浪花

多么像我的血液

激荡千年

黄河　请告诉我

我黄色的皮肤

五千年的心情

是你的遗传

【赏析】

　　柯林这首写黄河的短诗中没有故弄玄虚的意象叠加或只有解构的文字游戏，他甚至一开始就放弃了表演的企图，而举重若轻地直接运用最简单的又必不可少的真诚作为材料，像一个走了远路回归的孩子那样对"母亲河"所象征的源远流长的文明体现出自发的认同感和归属感，如同黄河只是一条河流又不只是一条河流一样，这首短诗似乎波澜不惊而又意味深长。（邹赴晓）

黄河，请你告诉我　摄影／孟宪明

这一片土地　摄影/王伟

三色堇

1962年2月生,本名郑萍,山东人,现居西安。中国作家协会会员、陕西省文学院签约作家、中国作家在线签约作家。获得中国散文诗天马奖、中国当代诗歌奖·诗集奖、杰出诗人奖,《现代青年》"十佳诗人"等奖项。作品散见于《人民文学》《北京文学》《上海文学》《诗刊》等期刊。作品入选多种选本。出版诗集《南方的痕迹》《三色堇诗选》《背光而坐》、散文诗诗集《悸动》等。

遇见最好的水——母亲河

我没有多余的欲望与千年的浩叹
我只有追随你的足迹,穿行于山水之间
在上游的贵德,我目睹过你清澈的姿态
像一位温柔的母亲,有些羞涩,慈祥,并无沧桑

后来,我又追随你在陕西的壶口,咆哮如雄狮
拍打着苍茫的大地
你怀揣火焰,用旷世的激情,轰鸣而下的绝唱
和青铜般的身影收敛着闪电的锋芒

今天,我在东营,在垦利遇见了另一个意义上的你
你悲悯的情怀与探向大海的慈爱
从月光中溢出的万种风情,让我遇见了最好的水
遇见你用辽阔的爱完成了一次朝圣般的圆满

大海一千次的拥抱你,而我在你的怀里
成为血脉相连的那一个

黄河现代诗歌选 / 175

【赏析】

　　三色堇的诗素以沉静、典雅、智性见长,她常把热烈激荡的情绪和外部事物的跌宕起伏化繁于简、融动于静,这就使她的诗歌画面感强烈。这首《遇见最好的水——母亲河》,从上游的青海、中游的陕西壶口,一路到山东东营后流入渤海,驰骋纵横下来,母亲河在三色堇的诗里展现出三种不同的身姿和情感,这种全景式推进、经典处聚焦的诗歌创作方式,突显了诗歌题材上的宏大以及情感上细微真挚的特点。(长安瘦马)

河边的生灵　摄影/陈维达

郭栋超

1962年2月生,河南省禹州人。中国作家协会会员、河南省诗歌学会理事、中国乡土诗人协会常务理事。出版诗集《高原草原平原》《盛宴》《在这纷扰的尘世该怎样爱你》《少年带着雷声远行》(合著)。荣获第一、二届奔流文学奖,中国诗歌万里行优秀诗人奖,第二届海燕诗歌奖,中国诗歌春晚·中国诗歌十年成就奖,2019年"礼赞祖国·诗韵乡村"全国乡村诗歌征集优秀作品奖等。

三江源　我们的三江源

冰面起风了

灵蛇蜕皮蜿蜒曲折的水草

汉朝军马凝视

山影灰暗庄重着尸骨

成吉思汗烈焰腾腾

风托起火苗　雪崩没有到来

一支支飞箭穿透云霄

雾缭绕着降落

三江源远远近近的美感

目光所及旗舞幡动

水流自然平和　秋草却已瑟缩

康熙来了　雨在走

嫩芽翡翠般投射着光泽

岩石密林　几座绿岛

山鹰斜着长翅逗留　逗留的还有

荆棘鸟　不死的雪鸟

影影绰绰　松香迷离的寺塔

那一年　将军托着

女儿十二岁的病体

高高的珠穆朗玛峰

红星闪动人流

一波一波　又是一波

途中一个十二岁的生命呀

一朵孤独的雪莲

夜空下的万物　静寂

倏然电闪雷鸣

女儿　我的三江源呀

将士们　是我们的三江源

孩子　这是咱们所有人的三江源

湿淋淋的草　风　雪　雾　林

把所有的故事

飘满了

我的你的她的

咱们的三江源

山的背影　幽暗

缓缓移动的太阳

暖色一点一点亮了

在阳光里　我踮起脚尖

纷乱的雨雪与彻骨的冷

虚幻遥远后成真

源上不羁的魂灵

疏朗的鸟啼

飘渺着东去

我突然想起非洲草原上

断后的公牛　入了虎口

小牛一天天长大

感觉真好　水流润物

草木　地火般澎湃着蔓延

我怎么会呜咽着

停靠在树上

圣洁的山雪透亮

如我的泪光

【赏析】

　　诗人是一个讲故事的高手,他把历史折叠起来,压缩在一首几十行的诗里,同时他又是幕后抒情的主人,不动声色地触动你内心"根"的情怀。通过"三江源"神秘多解的符号,一步步引领我们抵达"咱们的三江源"。这里,是文化的源头,是民族的根脉,更是灵魂的祖地。这里的爱,深沉而厚重,一如"断后的公牛　入了虎口"般的壮烈。(郑海军)

刘高贵

1962年3月生,河南光山人。中国作家协会会员。1983年起,在《诗刊》《人民日报》等报刊发表了大量作品,出版《情殇伊甸园》《乡土无恙》《寸草之心》《把桃花和杏花分开》等多部诗文集,并多次获奖。作品入选《20世纪汉语诗选》《新诗200首导读》《中国当代诗歌导读》等数十种选本,部分作品被收入小学和大学语文教辅教材。

在河源

你瞧　小小的水珠们
就这么一次次拥抱了
就像有人想你
让黑发
一缕一缕地变白

这是在河源
每一次深呼吸
都可能酿成千年涝灾
浪花们暗含真意
白色的骨头
坚挺不衰

所以有人偷偷地爱你
却不说出来

【赏析】

　　写大河大江的诗，很容易掉进"大"的窠臼，仿佛只有大开大合，才能展现大手笔、大气魄。殊不知，滴水观海，一叶知秋，看似声色不动，其实最见性情与境界。《在河源》从头到尾未提黄河二字，但字里行间流露的，却是对母亲河的满腔挚爱，在有无之间，将绵绵诗意留给了读者。

美丽的河源　摄影/王伟

洪立

1962年7月生,宁夏吴忠市人。在《诗刊》《朔方》《青年文学》《诗歌月刊》《山花》《飞天》《绿风》《昆仑》《诗选刊》《中国诗歌》等刊物发表诗歌、散文1000余首(篇)。曾获《诗刊》社"中国诗人西部之旅"三等奖,第七、八届宁夏文学艺术奖二、三等奖,作品被多种选集选登,并被"中国诗歌网"翻译成英文推介到国外,出版诗集《露珠上的太阳》。

眺望黄河

什么样的帆影留在天上
什么样的脚步拍在水上
瞳孔融化了放大的目光
迫使我再一次高举双手,跪于尘埃

黄河,几亿吨谷子从天而降
多少个我所熟悉的秋天
在一块块巨大的旋涡前
一次次演绎内心的苍凉

没有谁能比你更加真实
从隋唐直到今天
深入土地,季节与年
浸入母亲,血液与奶

黄河,在大地的胸前
举起杯盏

我仰望你

风正把羊群赶到天上

【赏析】

  本诗运用了一系列鲜明的事物作象征，以黄河的奔放来激发想象，文笔狂放，节奏明快，如：以"什么样的帆影留在天上／什么样的脚步拍在水上／瞳孔融化了放大的目光"勾起了作者对黄河的崇敬与膜拜，这样就自然地从黄河的浩荡气势上产生了象征性语言，也自然地触发了灵感，产生了形象比喻："黄河，几亿吨谷子从天而降"。诗中语言像黄河水一样此起彼伏、自然流畅，承载了古老黄河的天然神韵。

风正把羊群赶到天上　摄影／孟宪明

郝子奇

1962年7月生,河南林州人。中国作家协会会员、中国诗歌学会理事、河南散文诗学会副会长、鹤壁市作家协会主席。作品散见全国各种报刊,部分入选《中国散文诗90年》《60年散文诗精选》《中国当代优秀散文诗精选》《中学生读物千字散文选》等选本。出版散文诗集《寂寞的风景》、《悲情城市》、《河南散文诗九家》(合著),诗歌集《星空下的男人》。

风雪中的黄河

流水　是大地的拉链
无数的雪花落进去
成为秘密　大雪纷飞
远方　低垂的云
像雪一样贴近了大地和河流

大雪纷飞着　河岸消失
几只大过雪花的飞鸟
没有找到食物　它们飞着
让风找到了翅膀

麦田里的几个人
像长大的雪人　穿着雪花
这不是童话　大雪纷飞中
他们坚定地走着
看样子　从不怀疑走错了路

苍茫的黄河滩上

只有流水敢于裸露出指向

而落在流水中的雪花

来不及上岸　被带向了远方

这仿佛是一种悲壮　大雪纷飞

岸边的雪　作着最后的告别

它们的沉默　是整个大地的表情

数千年来　再大的风雪

也掩不住这条河的奔流

【赏析】

　　如果风雪是一场灾难，黄河已经经历了无数次风雪的洗礼，但再大的风雪都无法改变黄河的指向和奔流，都会被黄河带走，这已经成为规律。像黄河一样的人，把灾难穿在身上，坚定地走向未来，这多么悲壮。"风雪""流水""飞鸟""麦田""人"组成的画面，昭示着一个民族沉重而不屈的特性。强烈的画面感，使一条河流跃然纸上，给人以强烈的撞击感。

牛庆国

1962年生,甘肃会宁人。中国作家协会会员、甘肃省作家协会副主席、甘肃日报高级编辑。参加过《诗刊》社第十五届青春诗会,曾获《诗刊》社第四届"华文青年诗人奖"、甘肃省"敦煌文艺奖"一等奖、中国人口文化奖等奖项。有作品入选《大学语文》等多种选本。出版诗集、散文集多部,诗集《热爱的方式》入选"21世纪文学之星丛书"(2002年卷),诗集《字纸》在韩国出版。

他看到了黄河

看一眼黄河
是他几十年的渴望
在缺水的陇上
他老听到黄河的水声
像老牛的鼻息

青海贵德　摄影/董保华

一直引领着他　暖暖地
走在荞花地埂上

到达遥远的黄河
是 1994 年的夏天
那天黄河泥沙俱下
流经兰州郊外的一段河滩
爱写诗的农民　手抚草帽
泪流满面
一句话也说不出来

那真是好大好大的水啊

【赏析】

　　一位爱写诗的农民,终于看到了几十年来渴望的黄河,他"泪流满面／一句话也说不出来"……还有什么比这样的场景更真实感人,还有什么比这样的诗句更有力量!

看见了黄河　摄影／孟宪明

梦也

1962年8月生,宁夏海原县人。中国作家协会会员、一级作家。20世纪80年代开始文学创作,作品发表于《人民文学》《十月》《中国作家》《钟山》《长城》等国内外多家报刊,部分作品被转载或获奖。出版诗集《大豆开花》《祖历河谷的风》,散文集《感动着我的世界》《在一座大山的下面》、中短篇小说集《羊的月亮》等。现供职于宁夏文学院。

想象:源头

沿着它,一路西行,山地

缓缓抬高

越往上会越安静——

在心仪的高度:

巴颜喀拉山顶的积雪,映衬着

青石般的蓝色

像想象中的灵魂那么白,然后

在金子般的阳光下

默默消融——

汇而成河!

来自穹空的祝福,是环绕着它

起伏闪烁的明净水泊

吉祥的河!

是环绕着它飞翔的白翅膀的大鸟

吉祥的河!

是环绕着它低吟浅唱的绿色水草

捧起的绿珠

吉祥的河!

在早晨轻轻转身,然后

安静地启程,在雪山的注视下

一路穿越亘古——

走向了青瓷、丝绸和茶叶

走向了犁铧、瓦当和青铜

走向了火焰、麦粒和磨盘

走进了五千年不竭的诗韵和歌赋

走进了六千里绵延的丝路和花雨!

【赏析】

  具体、可触、可感,虚中有实,实中有虚。有关一条大河的现实与想象、文化与文明、历史与记忆,在梦也洁净的叙述中,向我们逶迤而来,携带着泥沙和灰烬。(单永珍)

远村

1962年生,陕西延川人。中国作家协会会员、陕西作家书画院副院长、西安财经大学文学院研究员。1993年被评为全国十佳诗人,曾获《文学报》诗歌一等奖、陕西省首届青年文艺创作奖、双五文学奖、第二届柳青文学奖、中国诗歌春晚·金凤凰诗歌奖等多项奖励。出版《浮土与苍生》等6部诗集,《错误的房子》等2部散文集,《远村的诗书画》等5部诗书画集。

醒来的不安

因为我过于善良,世界不再美好。

在大河的拐弯处,我看见高原的肩膀上。

放着我褐黄色的惆怅。

我举起的画笔,难以放下,难以放在它应该放的地方。

我多么小气,多么难堪。

我算了一辈子的糊涂账,被一条河轻易点破。

那么宽大的河床,要把远方赶来的沉沙

安顿在我的故乡。

我不画下它,就愧对养育我的天地和亲人。

既然来到了一条河的岸边,我就不会在乎是形势险恶

还是失身落水。

一个跟自己较真的人。

面对错乱的时间,我要画出大地深处醒来的不安。

【赏析】

远村的"接近壶口的十三种方式"是一种地理意义与精神意义的融合与延

伸,它们的精神属相与隐喻意义使这组诗的内涵与外延既耐人寻味又能使人产生强烈共鸣。从建构来看,每一种方式都是独立成篇的,但合在一起又不失为一首一气呵成、气贯长虹的长诗。诗人不由分说潜入自己的精神大河,打捞他的思想碎片并把它们重新赋形。这种赋形通过诗人特殊的语感与画家的视角和抒情的语言塑成,借助壶口的灵性呈现出一幅广袤无边的画卷。(宫白云)

杨志学

1962生，笔名杨墅，河南沁阳人。文学博士、编审、中国作家协会会员，历任解放军外语学院副教授、《诗刊》编辑部主任、中国诗歌网负责人等。著有《诗歌：研究与品鉴》《诗歌传播研究》《心有灵犀》《谁能留住时光》《在祖国大地上浪漫地行走》等。主编诗集《新中国颂》《朗诵中国》《中国年度优秀诗歌》（与人合作）等二十多部。诗歌作品获《上海文学》奖等奖项。

大河的呼唤

暗夜里响着她的涛声
黎明中看到她的巨浪
远隔千里万里之外的游子
都能听到她
盖过一切声音的呼唤

万家寨水库库区　摄影/董保华

坚忍的巨人
从长长的睡眠中醒来
一个坚定的声音
从大合唱里渐起、渐强
随即表明了
她的潮流,她的走向

斩棘的先锋
擦亮铜质的长号
船工的号子
融汇进时代的波涛

咆哮的长龙
从山谷向着大海流淌
奔腾的浪花
溅起两岸金黄

雄浑苍茫的大野
生长纯朴而热烈的向往
响起一种乐音
好像信天游的高亢
飘来清爽的气息
仿若茉莉花的芬芳

【赏析】

  大河的召唤看似无声,实则高亢,"远隔千里万里之外的游子／都能听到她／盖过一切声音的呼唤"——这是在黄河岸边长大的游子共同的情怀!

张鲜明

1962年生,河南邓州人。中国作家协会会员、河南省作家协会副主席、河南省诗歌学会会长。现任河南日报专家委员会委员。

到黄河岸边去

——为共青团"保护母亲河行动"而歌

假如我是一棵树,假如树也可以祈求
那么,就让我
以生命的名义高呼——
到黄河岸边去

哦,到黄河岸边去
枝叶是我摇曳的手臂
一把一把抓来阳光
掺和着风与沙土
我把自己搓成根须
扎进大堤
这是一次投胎啊
我的血管,我的神经
与母亲的血脉永远地
连在一起
向着太阳和星辰坚挺地举起
举起歌声一样嘹亮的绿

生命的意志叫坚守
生命的姿态叫站立

在这个世界上
仅有站立是不够的
我祈求奔跑
我把整个灵魂浓缩成种子
哦,我趴伏在大地深处
就像婴儿在母亲的子宫里
我,在倾听
倾听母亲河与春天的呼唤
然后,大步流星
奔向天涯去
我祈求飞
哦哦哦,你看
从我的血脉里
伸出蚯蚓和穿山甲一样的根
如同一个寻寻觅觅的绿色梦境
我的身躯,
在母亲河乳汁一样腥甜的风里
伸展成鲲鹏般的垂天之翼
哦,我拉起母亲河
我牵着整个地球
向着太阳
冲天而起
就像那个少年

在梦中嘎嘎嘎地笑着

飞

飞

飞

【赏析】

　　面对共青团"保护母亲河行动"这样一项既事关青年又关乎家国的事业，诗人激情满怀，凭借其超常的想象力，将自己化为一棵树、一粒种子，"与母亲的血脉永远地／连在一起"。

河边的景观　摄影／孟宪明

吴元成

1962年生,河南淅川人,现居郑州。中国作家协会会员、河南省诗歌学会执行会长。出版诗集、文集等9部。曾获第二届杜甫文学奖、河南省"五个一工程奖"图书奖、河南省第六届文学艺术优秀成果奖等。

黄河故事

我是古老的

是古老的杭育声

亿万年,我和你相濡以沫

喧哗着,骚动着

奔腾着,席卷着

用浑浊的泪水洗涤灾难

用甘甜的乳汁喂养五谷

用金黄的泥土夯筑城邦

直到用九曲的衷肠诉说新生

直到有人在郑州的邙山头

热切地询问——

南方水多,北方水少,借一点来是可以的吧

沉稳地宣告——

一定要把黄河的事情办好

安澜不再是梦境

我才真正舒缓身心,轻歌慢吟

为大河上下喷薄出

每一个灿烂的黎明

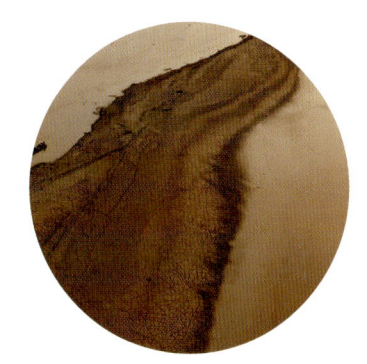

我是年轻的

是年轻的交响曲

七十载，我和你见证奇迹

演奏着，弹拨着

舞蹈着，歌唱着

用一道道高坝束缚洪流

用一座座平湖涵养云影

用飞翔的翅膀装点蓝天

直到用调水调沙刷新河床

直到在河南郑州又一次听到

谆谆教诲——

共同抓好大保护，协同推进大治理

和殷殷嘱托——

让黄河成为造福人民的幸福河

美好不再遥不可及

我才真正明白，宁静方能致远

并将和千万黄河儿女一起

幸福地流淌

我是时尚的

是时尚的风景线

在未来的日子里

等着你把我扮靓

期盼着，希冀着

欢笑着，张望着

让我的大堤更巩固

让我的湿地更湿润

让我的大小支流更清澈

让我的芦苇更飞花

让我的杨柳更妖娆

让两岸的田野更丰盈

让拔节的城市更长高

让我更像一条母亲河

更博大,更充实,更慈爱

让所有的你,所有的我

更美丽,更快乐

那个时候,你再来到我的身边

我会用温润的歌唱欢迎你

我会用甜蜜的浪花拥抱你

让欢乐也浩浩汤汤

让父老也袅袅娜娜

让夕阳也红红火火

让我成为你,让你成为我!

【赏析】

　　诗言志。在历史和现实的契合点,诗人以"重章叠句"和比兴手法结构了一条诗意的大河。全诗节奏鲜明,语言畅达,给人以激昂向上之感染力。

孙友民

1962年生,河南正阳人。出版诗集《呼吸》《月光车票》等。

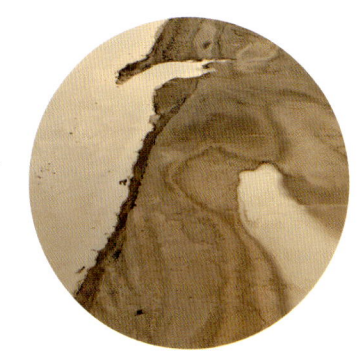

长河短唱

1

早年某夏天,我和我女儿站在花园口,
看一河金汤,带着造化加持的重量,缓缓东去。
更早些,河风阵阵,灌入两岸沃野麦子的根部——
麦芒由此接通了闪电,世间的经络由此打通。

而此刻,黄金的光芒归隐于谷仓。
河风阵阵,除了将要推送崭新的秋天,
也瞬间吹熟我,吹开我女儿葱绿的手指。

至今我还记得那一河波澜不惊的涌动,
像古老静穆的仪式,也像
两岸生民绵长而隐忍的叙事。

2

因为你的路太过漫长,5464公里,
每一公里,你都有一节腓骨、胫骨,
我此生,仅跟着你走过一小截。

因为你吼声高亢，或者低沉，
因为你手里握着这东方的黄金——
那因纯度过高而只能缓缓而行的重金属，
我没有大声说话。

因为你的头颅枕得太高，在白云间，在天之上，
而我又不习惯仰望，从没有
亲近过你的额头、鼻梁，以及
你眼睛里的湖泊、湖泊里的盐。
我翻阅过十五国风，也被习习河风翻阅，
但我没有学会颂。

3

大漠孤烟不是因，长河落日不是果。
清不是因，浊不是果。

起笔的雪山是因，结尾的大海是果。
河南的金风、麦芒，
与河北的麦芒、金风，互为因果。
长河上黄澄澄的落日，
与长河中黄澄澄的金子，互为因果。

长河中黄澄澄的金子，与两岸黄皮肤的汉语，
互为因果。

落日熔金，金河逐日。

因果循环,皆有定数。

4

目光不能极之处,并非清虚、空无。

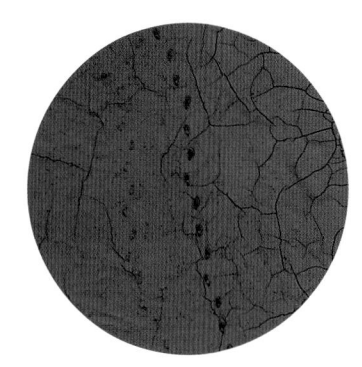

天上之水,在人间低回,又步入白云间。
落日圆浑,调暗了北岸的椎鼓鸣钟。

又流淌千年。流过唐宋元明清民,
隔着如晦的天光,流淌到东海里的,
还是唐朝那些固若金汤的句子。
而比这些句子更多更重的是

那些卑微的沙子和泥土。亘古以来,
它们肩并着肩,不舍昼夜地赴命,
一砖一瓦,堆砌一个新大陆。

5

钟声轰鸣,慈悲有光。
唱诗班在深深的蔚蓝里歌唱(只是
人类因为伟大而听不见它)。

巴颜喀拉的每一天都是第一天。
东海的每一天都是第七天。

一滴水,赤身裸体,只带经书上路。

过青川甘宁蒙陕晋豫鲁，

过藏过回过蒙过汉，过风过霜过雨过雪，

风尘仆仆，匍匐而来。只因为

大海是一座万心皈依的教堂。

【赏析】

　　《长河短唱》在欲说还休的"短"里忍不住忆起长河"绵长而隐忍的叙事"，语言鲜活、沉静，意象丰富、鲜明，思想开阔、深邃，体现出厚重的历史感。

黄河逐日　摄影／王伟

王桂林

1962年生，山东省沂源县人。曾应邀赴以色列、马来西亚、秘鲁等国参加世界诗人大会和罗马尼亚国际诗歌节。获《芒种》第一届全国万家诗会一等奖、布拉格第35届世界诗人大会诗歌创作奖、韩国第一届汉城国际诗歌赏、2018年度华语十佳诗集奖、2018第二届十佳当代诗人奖、首届杜牧诗歌奖、第四届中国长诗奖、第二届博鳌国际诗歌奖。著有诗集《草叶上的海》《变幻的河水》《内省与远鹜》等。

三个人在河流上走着

我看见三个人在河流上走着　　那是正午
黄河　　在进入大海时左右徘徊
那三个人　　从刚才的浅滩上下网归来
转眼间那里已水波苍茫

远处的河湾里停泊着他们的船　　停泊着
他们的陆地和生活
而为了到达那里　　那三个人
必须涉过变幻的河水

我看见他们的脚步坚定而从容
没有一丝被埋葬的惊恐
他们的脸色平静而安详　　似乎从未经历过浪涛
而凶险的浪涛　　在他们脚下正急切地喧哗

在正午的河流中　　所有的泥沙都沉没了

泡沫浮起然后消散　　而那三个人
却就这样在河流上走着　　一语不发
潮水渐涨　　淹过他们的膝盖

【赏析】

　　当诗人在诗歌中摒弃了陈腐的诗意和貌似深刻之后，我们看到，诗歌因此而变得轻灵、飘逸。诗人不再试图植入自己的观念，而是把看到的景象描绘下来，交给另一个能意会其美妙的人。王桂林像在画一幅写生，从远景、中景，再到近景，反复观看、描摹，写下几笔，再用画刀轻轻刮擦。他并没有试图揣测他们的想法，也没有听到他们的话语，整首诗中，只有在第三节中出现了作者的判断：通过脚步，看到了他们的坚定和从容，那是对命运的确认。坚定、从容、沉默，也正是一首优秀的诗歌所应具备的品质。(邵风华)

黄河岸边　　摄影/孟宪明

高凯

1963年生,甘肃合水人。现任甘肃省文学院院长、甘肃省作家协会副主席等职。从事文学创作40年,出版诗集《心灵的乡村》《纸茫茫》《乡愁时代》《小时候》《童年书》等十余种,获第五届全国优秀儿童文学奖单篇佳作奖、首届"闻一多诗歌奖"、敦煌文艺奖、甘肃省文艺突出贡献奖及《飞天》《作品》《芳草》《莽原》等刊物诗歌奖。出席《诗刊》社第十二届青春诗会。

黄河是怎么经过兰州城的

在城内和城外
一条河穿城而过只是一个传说

事实是黄河从兰州城外走过来后
另外半个城拔地而起
夹住了黄河

一座城差点拦住一条河
是一条河自己最后撕开了一个口子
奔腾而去

黄河之所以穿过了兰州
那是因为兰州在黄河上架起了许多桥梁
让黄河从身下钻过

两岸的牛肉面千丝万缕
而风情线上古老的羊皮筏子

始终保持沉默

黄河在兰州就变黄了
低谷之兰沦落为被黄河拍打的倒影
时光一样浑浊

也就是说
一条河本来是不打算经过一座城的
是一座城缚住了一条河

独步远上白云间誓不回头
那才是黄河

【赏析】

  诗人高凯生活在黄河上游的广袤之地,既受到家乡陇东的民歌滋养,有着贴近泥土的天然芬芳,又在经历漫长的写作历练之后,留下了世事沧桑的岁月沉淀。在关于黄河的诗歌里,他通过一座城与一条河的纠葛,写出了一个城市的历史变迁、地方风物与精神风貌,也写出了一个人与黄河之间的生命纠葛。诗人注视短暂的个体生命和永恒的时间之流,在历史与现实、家园与远方、守望与放飞之间,展开了内心与外物之间的对话。诗人摆脱了黄河的历史重负,从象征回归日常,又从日常走向象征,而放弃了黄河意象因宏大而显得空泛的虚妄意义。(高亚斌)

杨梓

1963年生,宁夏固原人。中国作家协会会员、中国文艺评论家协会会员、中国诗歌学会理事。出版《杨梓诗集》《西夏史诗》《骊歌十二行》《塔海之望》等。曾参加《诗刊》社第十五届青春诗会和第九届青春诗会,入选国家百千万人才工程。

九滴水

公鸡鸣叫,晨星渐渐隐去

曾经的沙尘已被挡在贺兰山以外

一个想要出去走走的念头一闪而出

不是散步,也不是锻炼身体

周末习惯穿着睡衣,宅在家里

没有出门的缘由啊,一个奇怪的清晨

微风习习,我走在艾依水郡

一出门就无意识地向着西边

顺时针围着小区走上一圈

转一次自己的山水。可一阵旋风

送来一股浓烈的芳香

将我团团围住,并且沁入肺腑

是丁香的芬芳,是我最熟悉的味道

顺着香味找到一棵丁香树

一棵比我还高的菩提树

正在盛开紫色的花瓣,一共九朵

其中两朵五个花瓣,便是传说的幸福
开在浇水之后,阳光未照之前

我相信丁香花的绽放与浇水有关
如同万物皆有重量,也有灵魂
更相信渗入树根的水,通过枝干
不断向上,走进绿叶,直抵花苞
一滴水,足以从内部撑开一朵花
并在花瓣上留下清晰的湿润

小区的浇花之水来自喜鹊河
来自黄河。这其中的九滴水
一定来自巴颜喀拉的雪,来自天堂
一直等到春天,率先融化成水
不舍昼夜地奔波几千公里
绽开丁香,便躲在艳丽和芬芳之后

【赏析】

　　"一个奇怪的清晨"或许缘起于一阵微风,或许缘起于无意间向西的一瞥,那儿有诗人心仪的雪山和草地,更有隐隐作响的母亲河。她的恩泽在一阵芳香里化作花瓣和果实。由结果到初始,由奔赴到浸润,一条河在一株小小的丁香树里悄然完成了一次涅槃。(梦也)

牛红旗

1963年生,本名牛宏岐,宁夏固原人。中国作家协会会员、中国摄影家协会会员。文学作品发表于《文艺报》《十月》《青年文学》《诗刊》《北京文学》《大家》《星星》等三十多家公开刊物,部分入选各种精选集和年度选本。

卡日曲,我遇见一滴水

不要忽略冰川

忽略雪山,不要忽视冰凌下悬坠的一滴水

一滴水,一颗眼睛

没料想,望见大海,鹰会俯冲下去

没料想一滴水,惊动一泓清潭

美目传情的那一瞬

一滴水行走,这是何其壮阔的一次逡巡啊

高原,被一颗高傲的眼睛看得白白清清

没料想撩拨溪流

会惊动吃草的牛羊,惊动星辰

没料想天地相爱如初,亲密无间

没料想大河的童年如此纯真、大海的根须如此幽深

没料想草原辽阔、滴水从容

稚嫩的眼睛,聚在一起拨开了历史的风尘

看着一滴水

进入另一滴水,进入泥土

没料想重峦叠嶂

天空,有绿草茵茵的人群,没料想听见波涛

就想起了亲人

【赏析】

　　由河源的一滴水,想到大海、草原、牛羊、星辰,想到历史的风尘、现实中的亲人……这对敏感而深情的诗人来说,是一种必然。

在卡日曲　摄影/王伟

李山

1963年生，河南封丘县人。中国作家协会会员，参加过《诗刊》社第二十五届青春诗会。诗歌、散文散见于全国各种报刊，出版诗集《风吹》《关系》等4部。

命河（节选）

中国川原以百数，莫著于四渎，而河为宗。

——班固《汉书·沟洫志》

1

这是一马平川的黄河

月亮下的流动——

高于想象　与仰望的眼睛

今夜

坐在黄的灯下

任由一种黄从体内穿越

像露水穿过草心

星光穿过大地的苍茫

这些黄土　田畴　油菜花

水稻与小麦的黄啊

是我诗歌不变的原色

2

就从这里下水
在柳园古渡
穿布底鞋的腿脚被打湿了多少回啊

艄公年迈了
船亦不见踪迹
对岸仍有那么多的诱惑

通向大柳树的路泥泞坎坷
五更鸡叫起身的艰辛
又算什么呢

那一丁点儿秘密又让你
兴奋得大半夜没合上眼睛

3

北风好大哟
还没有木锨把高的父亲
半夜起身背了小盐
到对岸的开封
换过年的钱

没有船行
便沿着冰凌过黄河

许是他命大

前脚刚跳上岸

河中的冰便塌了方

回来

父亲得了一场大病

躺在床上三天水米不打牙

4

唢呐

一种来自

黄土深处的铜

一碰到水便燃起火光

经霜的草颤动了一下

月亮又薄了一层

村南多了一堆新土

5

民谣从上游传递

民乐在午后敲打

一声声起伏的波浪里

一顶花轿从岸上走过

泪水便从林后的一双眼睛

流下来了

老奶奶手倚门框

看一朵白云

带着雨水飘过

【赏析】

　　在精神日渐荒芜的今天，人们愈加需要某种事物来呼唤出走的灵魂，而黄河作为神性的河，最具有召唤的神力。李山在《命河》里，将过往记忆的片段逐一回放，他用背小盐的父亲、倚门框的奶奶以及布底鞋、土坷垃、沙丘、唢呐、大柳树等诸多人物与风物，将读者引领到那个并不遥远的年代。（范蓉）

范恪劼

1963年生,笔名安皋闲人,河南南阳人。教授、河南省作家协会会员、河南散文诗学会理事。有诗文、文学评论见诸报刊及各种选本。

逆流河　顺流河

他为什么走过去从不回头？父亲河

她为什么走过来无始无休？母亲河

在中原,能够抽痛大地的粗粝男人叫黄河

能够让黄土怀孕肚腹饱满脸色丰润的还是黄河

在中原,躺在黄土上喂乳的温存女人叫黄河

一旦站起来,花园口柳园口都是这女人的血污之口

站在一条向东的河流中

肉体想哭,心想爱

穿行在顶着蓝天的树木中

脚步想扎根,目光生蓝

灯火远处次第明灭

灯火河心被风摇活

灯火拉我到黑暗中操练摸索

一头是黄土在故居已湮灭的留魂所

一头是流进去找到水找不到自己的苍茫海

春天她躺下来杂花生树也生草

夏天他坐起来阑风长雨也长谷

秋天她站起来金风送爽也送福

冬天他跑起来漫天飞雪也飞龙

逆流乘桴,顺流浮海

肉身陷在四季里,中原是天下之中的那种远

雪上听,草上读,心目洗在流水里

大河在中原不只是绕过几道弯

他抱过千山万水为什么只染一身黄土黄?父亲河

她吻过万水千山为什么只留一口清水清?母亲河

【赏析】

　　这首写黄河的诗独辟蹊径,绕开了普通地理的视角,使用让你"去感受"的方式,把地理上的黄河内化成人性的黄河、故土的黄河、心灵的黄河,把黄河的视像变成了"父亲"和"母亲"。诗人让读者在他内心的深邃空间经历着他的各种感知的幻象,并让"黄河"这个精神的象征去完成了各种替代功能。这意味着黄河自身所携带的强大能量与深刻的蕴涵,被这位诗人感知到了,因此他开拓了"黄河"这个词的词源在他心灵产生出的思维与想象,从而获得各种角度去透视作为"父亲河"与"母亲河"的黄河。诗中唤起的是对"黄河"作为意义的载体的觉察与巨大的精神空间。(宫白云)

黄河熔金　摄影 / 王伟

荣荣

1964年生,原名褚佩荣,宁波人。出版过多部诗集及散文随笔集,参加过《诗刊》社第十届青春诗会,曾获《诗刊》《诗歌月刊》《人民文学》《北京文学》等刊物年度诗歌奖,中国作家出版集团奖·优秀作家贡献奖,第四届鲁迅文学奖等。

在黄河中下游分界碑

她那么容易地失控
水总是借势而行
太多的美却需要束缚

他并不只想争一日风流
黄河之水天上来
在这里也稳不住脚步

突然就碰到一起了
突然就分出了彼此
一些事物便无法掩藏

之后也许会一马平川
之后也许仍沃野千里

出星宿海入渤海　谁为谁一路跌宕?
"你终究是我放不下的黄河!"

【注释】

黄河中下游分界碑,位于河南省荥阳市广武镇桃花峪的三皇山上。

【赏析】

　　文学艺术作品能够为不同阅读者所接受，其基本品质在于"动"人，不管是感动、拨动、打动、撼动、鼓动……当然，对专业人士而言，仅仅停留在被"动"的层面还不够，尤其是让诗家服膺的诗作，还必须具备写作的难度。这难度或许是在构想上，或许是在语言层面，总之必须有难度。像《在黄河中下游分界碑》那样，在一首短诗中几乎综合了所有难度，却又一点不动声色，尤其令人钦佩。（子川）

放不下的黄河　摄影/王伟

潘春生

1964年4月生,宁夏人。半生以来,农忙种地农闲打工。1985年始,先后在《朔方》《飞天》《绿风》《星星》《诗歌月刊》等区内外多家报刊发表诗文,著有诗集《在农历的筋脉上穿行》。

黄河湿地,一次艳遇

柳叶当眉,一只穿越冬季的鸟
将巢穴筑在春天的眉梢上
这是在黄河湿地
水草之间,花儿吐露着嫩生生的谣曲
以春天的名义
将八百里吉祥,绣在金岸的胸襟上

渐远处,河水充满流光
将所有的往事都凝聚在花儿的笑靥里
让顿生情调的数十里湿地
以自然的名义,傍着金岸
虚静相间,辽远豁达

趁着暮色向晚
数万朵娇颜欲滴的花儿
悄然蹭着我的脚踝,缄默不语
一如童年的小冤家,投我以眉眼盈盈的秋波
这千载难逢的艳遇啊,一波成谶
让我往事不堪,更无由

再问来生

【赏析】

　　这是一首描写黄河滩涂春景的诗。世人皆知,"天下黄河富宁夏",更为宁夏赢得了"塞上江南"的誉称。它流经宁夏的八百里之地,处处生发着与江南媲美的资本。诗人怀揣一颗平常之心,用传统的描写手法,以黄河滩涂的自然之景作为抒发点,比拟相间、虚实有度,将黄河滩涂的一幅春日美景,毫无掩饰、活灵活现地推到了读者眼前,读来趣味横生、妙不可言。(梦也)

宁夏的黄河　摄影/孟宪明

冯杰

生于 1964 年，河南长垣人。河南省作家协会副主席、河南省文学院副院长、河南省诗歌学会副会长。出版有诗集《一窗晚雪》《冯杰诗选》等。

黄河俳句（四首）

黄河白鹭

它在天上
放飞白风筝

以自己的白
衬托波浪的黄

天然文岩渠

绿瓶子里
装着一个梦

我在里面游泳
父亲在大堤上走动

扎猛子时
我从少年进去了
出来换气时
已是中年

黄河湿地

呼

和

吸

呈立方的肺活量

大地
也开始随着勃动

谈谈黄河

我见到年龄最大的河
它有树的年轮

许多年后
再没有波浪
能高过我的肩头

【注释】

　　天然文岩渠是河南省新乡市东部原阳、延津、封丘、长垣四县的骨干防洪排涝河道，流域面积2514平方公里，属黄河一级支流。

【赏析】

　　冯杰的诗里，总是这样有画面，有故事，有白描，有细节，有视野，有渊源……好比他的画，有删繁就简的能力。

高金光

1964年生,河南淅川县人。1986年毕业于河南大学中文系。中国作家协会会员、河南省诗歌学会名誉会长、河南省首批"中原文化名家"。作品以诗见长,并涉及散文、评论等领域,出版各类文集9部,其中文艺评论集《浅草集》获河南省第三届文学艺术优秀成果奖,诗集《人间呼吸》获第二届杜甫文学奖。现任河南日报报业集团党委委员、副社长。

倾听黄河

春日里,我喜欢

独自一人去倾听黄河

静静地坐在黄河边

油菜花烂漫于身后

爽风扑来　麦香扑来

这意境说不出的美妙

倾听黄河

我是在倾听波浪的声音

那声音很细碎

像古筝丝弦上的一个个音符

琤玑琤玑

其实,黄河本来就是一架古筝

它摆放在北中国蓝色的天空下

只是被黄皮肤的民族

弹奏千年了

有点发黄

但那根丝弦

仍然有力　闪着光芒

应该说，有一个难得的春日

去倾听黄河

并不是我一个人的愿望

所有经过黄河哺育过的人们

所有热爱黄河珍惜黄河的人们

都愿意来到黄河的身边

听它昔日的诉说和咏叹

听它今天的奏鸣和歌唱

【赏析】

　　读高金光的诗，就像听他说话，真诚质朴、推心置腹、真知灼见、灵光闪耀……让我们不由自主地随着诗人倾听黄河，倾听那铮玙玙的历史之声。

鸟群如沙　摄影/李庆明

萍子

1964年生,本名张爱萍,河南临颍人。1985年毕业于河南大学中文系。中国作家协会会员,河南省诗歌学会副会长、秘书长,河南省直文联副主席,河南省文学院专业作家。著有《纯净的火焰》《萍子观水》《我的二十四节气》《萍子诗歌100首》《中原颂——萍子朗诵诗集》等诗集7部、散文集1部。曾获河南省文学艺术优秀成果奖、河南省五四文艺奖金奖、中原诗歌突出贡献奖。曾长期从事青年报刊工作,获得"全国优秀青年报刊工作者""河南省优秀新闻工作者"等荣誉称号。

血脉

——致黄河

天上的星星落下来
就成了海
这蓝色的火焰闪烁在
各姿各雅银白的夜晚
日出的寒光,瞬息间
熄灭了它微弱的锋芒
慈目微启,是谁在山顶
向我们凝视
这圣洁的目光
漫过一页页金黄的经卷
直抵尘世脆弱的胸膛

一面巨大的鼓是如何响起
我们已无从知晓
红艳艳的山丹丹就这样盛开了
黄土地上流过的是谁的血

山沟沟里淌着的是谁的眼泪

峁上飞过的是谁的歌

日头下扬着的是谁的笑脸

那一盘石磨转了多少辈

那一串红辣椒晒了多少年

那一场爱情碎了多少心

那一声呐喊醉了几架山

你的皱纹里有我的故事

我的叹息里有你的悲欢

柿子红了红在秋天

山桃花笑了笑在春天

有一种感激说不出口

就像甘霖初降时

草和树都默默无言

你巨大的根覆盖我们

使我们不得不长青青的叶

开五彩的花，结硕壮的果

深谷里有不灭的阳光

峭壁上有倔强的种子

生生死死，和你相依恋

栀子花开在山坡上

它的香气在空中飞翔

泥土中跋涉的河流啊

你的梦想在白云间飘荡

我听见天使缈缈的歌声

百灵的轻翅闪烁光芒

黑夜里的星辰，泪中的笑

尘嚣之上超凡脱俗的面庞

你涉过荆棘，到达火焰

古老的岩石为激情熔化并辉煌

太阳升起的地方是你的家

黄土地尽头是一片蔚蓝

几千年的血脉流了万里

万里血脉流了几千年

平步畅想处

大野风光无限

沧桑阅尽

往事不需回首

你沉稳的呼吸穿越泥土和泡沫

直抵日思夜想的家园

【赏析】

　　萍子曾和几位艺术家朋友一起骑自行车从郑州到西安沿黄河采风，也曾到青海、甘肃、宁夏、内蒙古、山西等地拜谒黄河，更曾在河南境内无数次看望黄河。从这首一气呵成的诗中可以看出，黄河在诗人心中是血脉，是家园，是现实，是梦想，是她心中无尽的长歌……

李智信

1964年生,河南商丘人。河南省作家协会会员、河南省诗歌学会理事、中国石化集团公司作家协会会员、中原油田作家协会副主席。作品散见省内外报刊。

一把壶口

从河口[1]折身南下
在晋陕峡谷撒起了欢儿
左冲右撞,挡路者
掀个人仰马翻

遮天的黄土高原
硬生生被撕开胸膛
仅有的一点草木
卷个无影无踪
泥堆扯下葬入谷底

两岸山石耸起
兀自狂放不羁
一把壶口掐住了脖颈
你怒吼、挣扎
还是跌个粉身碎骨

大禹从衣锦村[2]走来
紧握石耜,望你不语

任摔碎的激流

变幻出奇异的色彩

你翻转来,放平了身段

进入十里龙槽

越龙门、下三门[3]

竟有了下游千里的安澜

【注释】

　　[1]河口:内蒙古托克托县河口镇,黄河上中游的分界点。 [2]衣锦村:传说大禹娶妻成家的地方。大禹治水从疏通壶口开始,"三过家门而不入"。 [3]龙门:晋陕峡谷的末端,连接晋陕交通的古渡口;三门:指人门、神门、鬼门,后建三门峡水利工程。

【赏析】

　　《一把壶口》没有写瀑布的壮美,而是描述黄河的狂放不羁,严重破坏了生态环境。后至壶口被收成一束,"跌个粉身碎骨",然后消去了凶猛之势,蜿蜒前行,隐喻人生的跌宕起伏,启示我们做人要谦虚,顺势方可有为。

董进奎

1964年12月生,河南偃师人。中国作家协会会员,荣获第五届《中国作家》郭沫若诗歌奖、中国诗歌网"2015—2016年度十大好诗"奖、《延河》杂志年度最受读者欢迎诗歌奖、中国·大河双年度诗歌奖等。作品散见于《人民文学》《中国作家》《上海文学》《延河》《青年文学》《诗刊》《星星》《诗选刊》《作家文摘》等上百家刊物及多种诗选,出版诗集《看见一枚古韵的彩陶》等。

渡黄河

要渡过面前这条河

需抓住泥沙塞进胸腔

放倒自己

打不开嗓子

借不到秦腔号子

摸一根几度淹埋的木头

修行沉浮

在深深处烧焦自己

练习泅渡

回转既定的岸

熟悉溺水的惨状

旋涡圈点

一只鸟淌过了河

递一次深情回眸

【赏析】

　　此诗把泥沙俱下的黄河与人生世事相互映照，将渺小孱弱的个体生命抛入浩荡雄浑的黄河之中，任其在不可预知的境地里挣扎、淘洗、灵魂出窍，以此寓意人生艰难不屈且漫长的修行历程。本诗视角独特，体验深刻，思想深邃，语言精准，蕴含着坚实而隐秘的力量，让人耳目一新。

青海玛多县的黄河湿地　摄影／董保华

霍竹山

1965年8月生于陕北农村。中国作家协会会员，陕西省作家协会理事。在《人民文学》《诗刊》《解放军文艺》《青年文学》《中国作家》等120多家报刊发表作品260多万字，入选几十种选集。曾获《诗选刊》年度诗人奖、陕西省优秀文学作品奖、第五届柳青文学奖等。参加过中国作家协会第八次全国代表大会，《诗刊》社第二十二届青春诗会。著有诗集《农历里的白于山》等9部，散文集《聊瞭陕北》，长篇小说《野人河》《黄土地》。

黄河入海口的植物

芦苇是必须写的
"蒹葭苍苍，白露为霜"因为芦苇
在《诗经》里就这么地茂盛
就这么让我思念在水之湄的伊人

罗布麻是必须写的
并不因为罗布麻紫色芳香的花朵
也不因为罗布麻清火降压的中药功能
因为我在昆仑山认识了它

碱蓬是必须写的
每年，在秋风里碱蓬从不怕浪费
铺下绵延百十里的红地毯
为黄河入海举行一次盛大的庆典

红柳也是必须写的

那一个个圆土包似的绿色

千粒种子只有零点四克的瘦弱

却来自我遥远的家乡

我要写的植物其实还有很多

它们跟着黄河的涛声一路走来

如我的兄弟姐妹

都是黄河母亲坚强的孩子

【赏析】

  诗人霍竹山的名字意为青翠的竹山，他将黄河两岸的植物写成他的兄弟姐妹便有了内在的根源。我们寻着诗人最为牵挂和怀想之物，就能感受到他对黄河的挚爱与亲情。诗人的原生动力出自《诗经》，这是中国的诗歌之母，也是爱情、亲情最为本质的形态。潮生两岸的"芦苇"正是诗人的寄情之物。"罗布麻"、"碱蓬"是写他的相遇与盛典，这是生命之中的大事。"红柳"来自故乡，因而每一株红柳都是诗人灵魂栖息的村庄。全诗空灵而有张力，跳跃转换自如，意象聚焦而不散乱。（空灵部落）

古马

1966年出生,甘肃省武威人,现居兰州。出版《西风古马》《古马的诗》《红灯照墨》《落日谣》《陇军文学八骏金品典藏·古马的诗》《大河源》等多部诗集。曾获甘肃省委、省政府第四、第五、第六届敦煌文艺奖,2007年度人民文学奖,首届《朔方》文学奖,《扬子江》诗学奖,第三届"中国天水·李杜诗歌奖"银奖等。

渡口

……我已经走了

一只无人的渡船

灰蒙蒙的水浪

远处山峦

这些都不能安顿你们

假若你们在此驻足

发现渡头有冷落的灰烬和锅碗的碎片

请想起一个野火熏烤的晚夕吧

那时,我正在耐心细致地翻烤一条大鱼

为一个人,为天地间一场盛宴

也为后来的你们

那时,蛙声把黄河古象的骨殖和两岸的旱柳都叫绿了

闷雷,给草棵间忙碌的蚂蚁增添透明的翅羽

绿雨潇潇

渡口

口含灯火

……我已经走了，我生活过

也短暂地

爱过

庄重如许

饥渴如许

……是如许地知足

【赏析】

"无人的渡船""灰蒙蒙的水浪""远处山峦"……古马饱含温度的诗句，如不断转换的蒙太奇镜头，令人久久难忘，让人回味无穷。

太阳渡　摄影/孟宪明

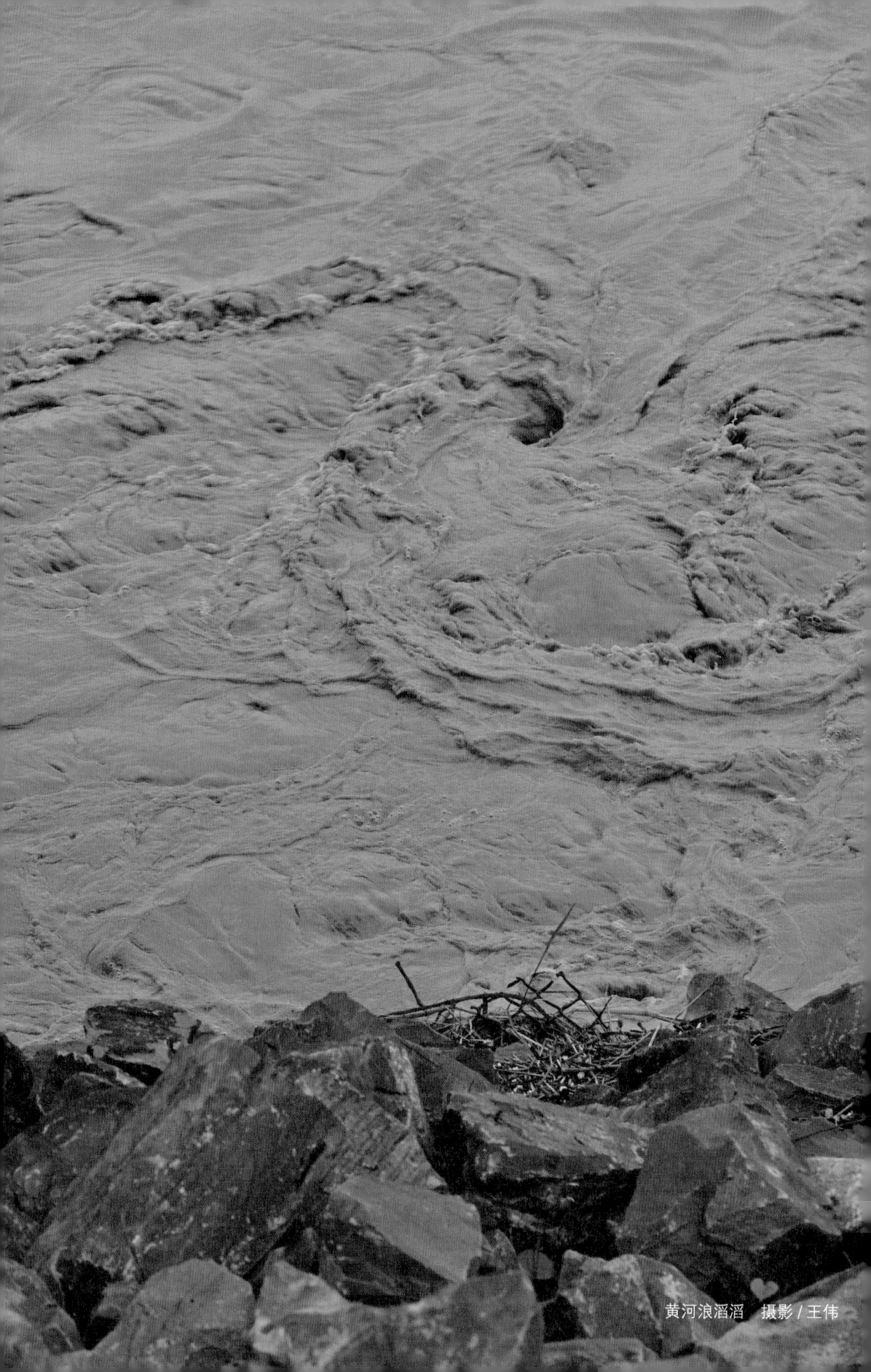

黄河浪滔滔　摄影／王伟

天宇

原名王天宁，1966年生，甘肃庆阳人。中国作家协会会员、中国报告文学学会会员、甘肃省庆阳市作家协会副主席。出版诗文集7部，多次获全国征文奖及省市文艺奖。

黄河石

经过了山高水长

翻滚过九曲十八弯

水土就会变成精灵

在黄河滩　你看

那石头个个都不平凡

虚怀的内心

已装下了山水海云

还装下了花鸟虫鱼

有的还会飞出凤凰

间或还会有巨龙

这些　都是黄河石

空间的容纳

还有万物的映照

黄河石也是时间的银鱼

在祖国的大地上飞动

1997年香港回归

诗人彭金山去黄河滩

捡回了一尊1997的石头

【赏析】

黄河文化源远流长。黄河母亲鬼斧神工地塑造了千姿百态、异彩纷呈的黄河石。作者以黄河石写黄河,可谓匠心独具,而结尾处更是如捡到"一尊1997的石头"一样出人意料。

这些 都是黄河石 摄影/孟宪明

马万里

1966年生,河南省焦作市人。中国作家协会会员、鲁迅文学院第二十二届中青年作家高级研讨班学员,参加过《诗刊》社第二十三届青春诗会。2002年起在《诗刊》《诗神》《北京文学》《牡丹》等报刊发表诗歌500多首。曾获2008年、2009年度河南省五四文艺奖银奖,作品连续八年入选《中国年度优秀诗歌年选》,《神农山的太阳》获全国诗歌大赛二等奖。

黄河的女儿

母亲在黄河边的草庵里产下了我
我的胎衣埋在了滩上的沙里

很小的时候我就抚摸过黄河的
波浪
一张老渔船
载我到过三十里以外的
集市
我身上的鱼腥味
是我另外的一个好名字

用蚌壳作过项链
也用鱼翅做过木梳
整个河畔的大风
把我雕刻得有些随意

【赏析】

每当看到写黄河的诗,总是心生一种别样的情怀。黄河那么复杂那么伟大，那么悠久那么现代，我们该如何来写黄河？短短几行的小诗，大概也只能算是黄河的几粒细沙罢了，但几粒细沙，却能够让你抚触到黄河的粗砺和万里不息的奔涌。在马万里这首诗中，我读到了一个人风一般的命运：河上风大，每个人的一生，始终是在风里。"在黄河边的草庵里"出生，多么简单却多么动人的画面，所有热烈都不及这浅浅的一句，写出了自己的身世，同时也是黄河的身世，就像，每一粒沙的命运其实就是整个黄河的命运。（陈小庆）

很小的时候我就抚摸过黄河的波浪　摄影/孟宪明

艾敏

1966年9月生,本名张艾敏,曾用笔名郁晴,河南安阳县人。河南省作家协会理事、中国城市诗研究会常务理事、安阳市作家协会常务副主席、安阳市职工作家协会主席、安阳市诗歌学会常务副会长。出版诗集《废墟上的梦》《山与水的神话》、散文集《暖流》等,主编《神农》《写在醒来的土地上》等5部诗集,组诗《废墟上的梦》获全国首届"殷商文化杯"诗歌大奖赛一等奖。

黄河独语

我从峥嵘的云缝里流来
流自远古　流自
炎帝北顾的戈戟腾起的烟尘
嚼过唐朝遗失的圆圆的落日
饮尽稼轩的苦涩
桥下枯苇湿透的悲哀

流去日月　流去故人　流去
五千年龙血装订的历史
我怎能只咆哮涩苦　怎能
依然弹奏一管浑浊　在幽幽冥冥里
抖动一缕缕凄长的胡须
我怎么会　怎么会
再用一叠叠蓄沙含泥的岁月　去捶打
这块满是疮痍的土地

我是从神话里来的
终还将流成神话

【赏析】

　　本诗以第一人称写黄河，想象绮丽，意象宏大，历史纵深感强。诗人以女性独特的视角、含蓄的语言，抒发了对中华民族母亲河的深切敬畏与顶礼膜拜，既有现实的沧桑感，又不乏浪漫的灵动感，读后让人产生力与美的感受，并陷入沉思和遐想……

我是从神话里来的　摄影／孟宪明

宝蘭

1966年11月生,原名孙文,河南新县人,现居深圳。参加《诗刊》社第十届青春诗会,荣获2018·第二届"中国十佳当代诗人"奖、2019·第四届中国长诗奖、2019·第二届博鳌国际诗歌奖"年度诗人奖"、首届"美丽中国"世界华文诗歌大赛金奖。作品刊发于《诗刊》《星星》《作品》《特区文学》《解放军报》等报刊及多种年选选本。现任《鸭绿江·华夏诗歌》执行主编。

逆流而上

我不知道巴颜喀拉山有没有私心
不去问水百转千回的乡愁
我卡在你的虎口
看青藏高原、蒙古草原、黄土高坡、淮海平原,九省接力
让一座山的愿力直抵海洋

我懂你的惟余莽莽
不去揣摩水到渠成还是渠成水到
高山的后裔露众生相随缘救度四海为家
互为因果的故事早已得到证实
是谁让你成为一条高出两岸的悬河

我曾不止一次想逆流而上
不仅仅想去读懂几座山峰,一条河的三生三世
终究发现我微弱的光在这条河流的神性面前
如萤火虫在浩瀚的宇宙寻找出口
一个青黄不接的中年,梦想注定决堤

我该膜拜你,英气逼人

以一己之力感召天下前赴后继

不畏高悬不惧远方细水深流泥沙俱下

一个民族的胆识和自力更生不过如此

果敢、兼容、怜下、向前是最大的天条

一条河示教我们

绵延不绝的青山及愚公的子孙

无论头顶高悬着什么

总能以磅礴的力量携希望和苦难前行

没有人能够阻挡大地的血脉永向东方

我逆流而上,长夜漫漫

仅为完成一次决口处的自我救赎

与顿失滔滔

【赏析】

  这首写黄河的诗,只字未写"黄河"两字,但你能感受到黄河那深入骨髓的力量。黄河历经沧桑,承载了民族的苦难,作者将梦想置于其间,发觉自己弱小如萤火虫。这条神性的河流,不仅有高原群山盖世的愿力,河水混沌原初的澎湃气势,而且还有中华民族血脉的坚忍与顽强。她感受并汲取了这诸多的神秘之力,集聚了"逆流而上"的决心与动力。这正是中华民族生生不息的力量。(空灵部落)

青青 1966年生,原名王晓平,河南邓州人,现居郑州。中国作家协会会员、河南省诗歌学会副会长。著有《白露为霜——一个人的二十四节气》《落红记——萧红的青春往事》《访寺记》等。获2015年度孙犁散文奖、第二届杜甫文学奖。

黄河俳句

一

黄河里有无数匹战马

跃起又跌下

鲤鱼听到了

波浪之上

灵魂的哭泣声

二

河上的大雁们又开始叫

那些漂泊的人

嘴唇上的霜

又白了一层

三

黄河上的月亮

看着也更古老一些

四

看到黄河　我慌乱的心
安定了
好像世界上有天长地久的事情

五

站在河边的人
顿时觉得时间流得更快了

【赏析】

　　青青用短句来写黄河，让黄河那绵长的历史在心中化作点点繁星。言虽简，意犹长……

看到黄河　摄影/孟宪明

马海轶

1967年生,原籍甘肃定西,现居青海西宁。中国作家协会会员、青海省作家协会副主席、青海省文艺批评家协会副主席、《青海湖》文学月刊编委。1986年开始文学创作,有诗歌、小说、散文、文艺批评发表在国内外汉语报刊,作品入选百余种文学选集。出版诗集《秘密的季节》《夏天反对斑鸠鸟》《公交站遇见豹子》,散文集《西北偏北的海拔》,文学评论集《旁观》等。

河要向北了

当车飞驰而过的时候
我认出了河,前年的
大前年的,今年的河
河认不出我

我在河边坐了很久
我注视着河,留恋着河
但河浩浩荡荡,弃我而去
好像无情的样子

有一阵子,河
允许我跟它向前走
一直向东,向着甘肃的故乡
一直走到河口南

河要向北了
河在这里蓦然转身
命令我停下并且缄默

然后独自回家

【赏析】

　　作品中出现的"河""故乡",不再是传统牧歌或哀歌中必不可少的元素,作者赋予它们冷静的、沉思的、感人的细致以及某种自我更新的力量,成为长期不衰的生命活力和滔滔奔涌着的激情,并与广袤尊贵的土地相匹配。

河要向北走了　摄影/孟宪明

敕勒川

1967年生,原名王建军,内蒙古人,现居呼和浩特市。著有诗集《细微的热爱》。

一只羊皮筏的黄河

穿了救生衣,心还是不能完全放下来
一条历尽沧桑的大河
实在是让我太过敬畏

几根木棍,十几只鼓鼓的羊皮囊,一个
沉默不语的划船汉子,我要让自己
跟一条大河,来一个亲密接触

身下的黄河,如此深厚、寒凉、无穷……
顺其自然,从一个地方到另一个地方
仿佛一个人漂过了自己的一生

岸上的景物恋恋不舍地向后退去
一只羊皮筏的黄河,安静,舒缓,波澜不惊,仿佛
一支古老的小夜曲划过大地

那日一夜无梦,我搂着一条黄皮肤的河
酣然入睡,而星光四溅,一条大河流进我的身体
就再也不会流走

【赏析】

　　由太过敬畏到亲密接触，诗人通过"一只羊皮筏"完成了一次自我超越，从此"一条大河流进我的身体／就再也不会流走"。

一只羊皮筏子的黄河　摄影/孟宪明

白麟

1967年9月生,陕西太白人,现居宝鸡。诗人、词作家、文化策划撰稿人。中国作家协会会员、中国音乐家协会会员,陕西省职工作家协会诗歌创作委员会主任。出版《慢下来》《在梦里飞翔》《附庸风雅——对话〈诗经〉》《白麟的诗》等7部诗歌集。曾获全国鲁黎诗歌奖、陕西省柳青文学奖、陕西省"五个一工程"奖及《诗刊》《绿风》《安徽文学》《延安文学》等杂志举办的全国诗赛奖。

大河

坦荡得近乎没有一点波浪,甚至连想象中应有的"惊涛拍岸"也销声匿迹——
就这样泱泱静静地流过繁喧的都市,只留下一尊卧波哺婴的母亲的雕像……

乍见黄河,水波不兴。
只消轻吼一声太白的绝句,就会唤起虚张的狂热与雄心,可我却分明感到这是多么的徒劳:
黄土连天的景象,正是父老乡亲们生活的原色,是再美不过的华章啊!
黄河静默着。一种无声无息的爱在招引我——
招引一位身心龌龊的浪子,在痛苦的深渊看到旷世的美丽,历经苍凉之后还能感触到丝丝的温情……

似乎是苍天的老泪,全泻进了这条没有航标的河流……
浑黄得叫我依稀看到远古炎黄的模样,还有家园最初的辉煌。
是的,纵使罪恶和虚伪把大地践踏得千疮百孔,也休想斩断这善良与纯朴的根源,这民族和精神的血脉!
怎样从巴颜喀拉山一路奔波到黄土高原?

惊涛骇浪之后，呈现在世界面前的，是一条大河——
　　一条通天的大河！

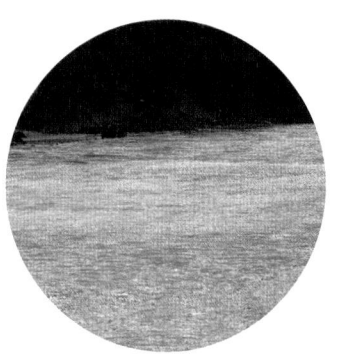

就这样平心静心地生活，难道还抵挡不了尘俗与谎言的
　　诱惑么？
大河无语。而岸边，就是车水马龙的闹市——
我们都在这熙熙攘攘、乱滚滚的尘中，泡沫一样患得患失……

今夜，于无声处，萦绕在我耳畔的，
却是这大河隐约的涛声，经久不息！

【赏析】

　　这是一首像黄河一样平静又像黄河一样深邃的诗篇。它引导我们"在痛苦的深渊看到旷世的美丽，历经苍凉之后还能感触到丝丝的温情"，它启示我们"黄土连天的景象，正是父老乡亲们生活的原色，是再美不过的华章"！优美的诗句在读者心中萦绕不绝，并不断地激起拍岸的涛声，这是只有好诗能做到的。

朱欣英

1967年生,河南省作家协会会员、洛阳市散文协会副会长,现任洛阳市文联副主席(挂职)、洛阳广播电视台产业发展部主任。创作出版诗集1部,编辑出版报告文学1部,在国家级和省市文学专业报刊发表文学作品近百件,多部作品入选河南省优秀作品选集。被授予河南省"'三八'红旗手"荣誉称号。

黄河颂歌(节选)

今天,柳树的嫩芽已经露头

大地还带着雪白的冠冕

碧绿的力量正在白雪的怀抱里一起喊

醒来醒来,起来起来

这是永恒的黄河怀揣着希望在呐喊

要把黄河的事情办好

让黄河成为造福人民的幸福河

一代代伟人提笔摹画

新时代黄河岁岁安澜,绿水青山将变成金山银山

今天,黄河裹挟一路江河湖泊日月精华

穿越大禹用息壤和木犁填平或凿开的大地

来到天下之中的中原河南

五千年中原大地鼓角争鸣

唢呐声起横笛悠扬

人们低头祈祷,感恩大河绵绵不息的滋养

为豫州大地送来了沉甸甸的果实

母亲河上接群山下连平原

生命怒放千里诗行

汇聚着家国的情怀历史的云烟文明的圣火

用深沉的爱灌溉着皇天后土的河南

母亲河一手挽住嵩山一手拉紧云台山

期待着春天里,在河南

拜祭轩辕黄帝的功业

观赏牡丹仙子的娇艳

品读卢舍那慈祥的笑脸

浏览河图洛书伏羲龙马的深邃

参拜释源祖庭白马寺的般若佛光

探问殷墟妇好的久远

感受愚公移山的坚毅

追忆骑青牛悠然远去的老子

激赏老庄道学的浪漫

为勤劳质朴的中原儿女送来衷心的祝愿

大河奔流的故事千年万年传唱

时光拥抱着河床,拥抱着城市乡村

碧水清流花树掩映堤翠曲栏

古豫州正换新颜

母亲河天地绝唱万古不变,古今辉映壮美安澜

正挥就山川秀美、政通人和、人民幸福的新篇章

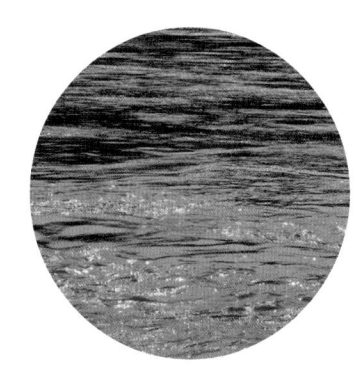

【赏析】

　　这首《黄河颂歌》分三个篇章,诗意昂扬、立意高远,多视角描绘黄河。本篇节选的是第三篇章。

李继宗

回族，1968年生，甘肃张家川人，第二届甘肃"诗歌八骏"之一。诗歌散见于《诗刊》《人民文学》《芳草》《山花》《汉诗》等刊物，及《中国年度优秀诗歌》《年度中国诗歌精选》《中国诗歌年选》等选本，著有诗集《场院周围》《望过去》等。曾获李白诗歌奖、甘肃省"敦煌文艺奖"、甘肃省"少数民族文学奖"、甘肃黄河文学奖、《飞天》十年文学奖等。

这个角度的兰州黄河两岸

一些树曾经年轻又迅速苍老，一些花曾经飘然

又接着把头低下：这样想着

望过去，山毛榉像一束人为的光线

立在溪水边，晨雾像一件灰白的衣裳

披在石头上，鹰就像一个石沉大海的消息一样

正在飞来，草就像一群出走的孩子一样

正在疯长，风拒绝着携带，打量

辗转，和意犹未尽：各个角落里已经满了

因为雨水，在覆盖，在潜伏

在真理一般，连着源头，连着蕨类植物的高处

【赏析】

兰州因为黄河而有自己独特的风景和韵致，有自己独特的诗篇。读李继宗的这首诗，需要和诗人站在相同的角度和位置，那样，你也会被水气浸染。

于贵锋

1968年生,甘肃天水三阳川人。1989年陕西师大中文系毕业,第二届甘肃"诗歌八骏"之一。曾获第二届甘肃省黄河文学奖诗歌一等奖、第二届《飞天》十年文学奖、第三届甘肃文艺评论奖、第四届北京文艺网国际诗歌奖三等奖等奖项。著有诗集《深处的盐》、《雪根》(自印)。

傍水而居,或兰州记

城市坚硬,这条河因此迷人。依山而建,傍水而居
常识不分昼夜:岸边的人,他们总是要来看看风景

夏天过后是秋天,秋天过后是雪,雪落在
河水里,落在枯草丛里,一个找寻奇迹的人的背上

像曾经有人敞开怀,把一只冻伤的脚捂在棉袄下
奇迹是一块石头吗?把它丢入河水河水会抱住它

把不多的鲤鱼赶入水湾,那是从前了。
从前多宽阔,喜垂钓,不结网

从前高楼刚刚生出来,被国家和生活捧在掌心
从前石油是多美好的一个词,美得无烟,好得发亮

从前,风吹着,傍水而居的人大汗淋漓
硬是要从黑里面提炼出成吨成吨的光阴

那时候，河水东流，拐个弯以后还是东流

那时候，青白石不是铺在铁路上，而是一个人的青春里

河水很凉，闪电不可能用一个蓝布包把它背走

河水很新，天空不可能把水里的影子尽收眼底

云也不能算出河水里的沙到底来了多少又走了多少

挖砂船有自己的发动机自己的声音，与筛选的逻辑

岸边的人，他们不完全是来看风景，但风景依然迷人

他们并不全都是地道的兰州人，但操一口地道的兰州话

【赏析】

　　有人评价于贵锋："对他而言，诗的见证不是建立在居高临下的批判立场之上的，而是建立在对生存的暧昧的伟大的同情之上的"，于贵锋自己说："从真诚出发，准确地找到并具形自己内心的声音，也许，诗歌就这么简单"。

雪舟

回族，1968年生，本名李存慧，宁夏泾源县人。曾就读于鲁迅文学院少数民族作家高研班（诗歌班）。中国作家协会会员、中国少数民族作家学会会员、宁夏诗歌学会副会长。其诗歌入选《新中国成立60周年少数民族文学作品选》《新时期中国少数民族文学作品选集》等选本，本人曾入编《中国回族文学通史·当代卷》。获第二届《朔方》文学奖等奖项。出版诗集《雪舟诗选》《秋日来信》。

黄昏时途经吴忠黄河大桥

一湾金水，正在熔铸一轮浑圆、硕大的落日

此刻，黄河平铺直叙，没有悬念中的惊涛

掌控着西侧一畴稻田的安详

迷蒙了水乡渐次沉醉的晚霞

在分汊的萍洲

有一小块著树的绿草滩，被高挺的一排杨树护着

只是围住了一泓湖面

它被遗失在渔网漏掉的昨天

却被正在下沉的落日

多看了一眼

【赏析】

  雪舟的诗句恰如其名，正是那苍茫雪域中的一叶扁舟，独立、静谧、拙朴，引领阅读者通过诗歌去往全新的天地。他观察遭遇到的每一处细微物事，赋予它们思想和情感，使它们具备替代诗人自己言说的品质和能力。在这首诗中，雪舟以河面上的"落日"起始，以落日无限眷恋地多"看一眼"终止，整首诗字里行间弥漫着恬静、温馨的气息，把诗人的瞬时所见描述得细致入微。耐得住咀嚼，耐得住品味。（马泽平）

长安瘦马

1968年出生，本名尚立新，辽宁抚顺人，现居西安。诗人、诗歌评论家、中诗网第四届签约作家，著有诗集《你的影子》。

黄河安静得有些深邃

1999年秋，我在陕北黄河滩上的一片枣林
遇见了黄河
一条宽阔的黄河安静得我几乎看不出她在流淌

黄河滩上的枣子熟了就像天边的太阳红了
一竿子打下去地上就滚落着一百个太阳

枣林以东，黄河远上白云间
白云间的太阳都黄昏了还依然恋恋不舍

那时候我心底有好多霾遮掩着我的心灵
好像我有多么苦大仇深

我透过枣林看见黄河
我看见黄河安静得像个深邃的哲学家在思索
我看见黄河悄悄地掬一抔黄土放到口袋里远去

【赏析】

  诗人以个人视角书写了黄河周边的景致，以及彼时个人的心境意绪，因此这首诗就具有生活化的特征。"安静得我几乎看不出她在流淌""滚落着一百个太阳"这些诗句，则显示出诗人穿透生活表象，进行深入表达的愿望和努力。

赵立功

1968年生,河南巩义人。河南日报文艺部编辑、中国作家协会会员、中国文艺评论家协会会员。著有诗集《一个人的春天》《南方生活》,随笔评论集《编外文谈》《诗话书话影话》,散文集《竹外桃花》和漫画集《小雨的画》《放鹤洲上》等。

又见黄河

这一次,我把你写进冬天
在这个季节,你比任何时间都要瘦
你披着白色的雪衣,行走在辽阔而平坦的原野上
你日夜奔流,从不曾停下你的脚步

你时刻走在异乡的土地上
你也时刻走在故乡的土地上
因为你的脚步所到的地方,就是故乡
你的胸怀因此宽广

千里万里,你一路走来,从天上的高原,到地上连绵的大山,到峡谷,
    到平原,到海
你看着沿途壮丽的景色,把游牧的风,远远甩在后面
你的心思是质朴单一的
你目标明确,意志坚决
你因此收获了沿途无数的爱情,并因此把你的子遗撒播
他们因此说你是龙,一条九曲回转的龙
龙生九子,九其实是代表着无数多的意思

这告诉我,在你深静的流里,潜藏着多么旺盛的精力

你知道巴颜喀拉的雪峰有多高

知道河套平原的风有多烈

知道黄土高原的土地有多厚

知道黄淮大平原的心地,有多么坦荡

而当你化作无数细流,投身大海怀抱的时候

你完成了你的旅程,你的生命在大海中获得了永恒

你从来就是一个男人,有一个温暖的名字:河伯

叫一声,仿佛就能感受到一种宽厚慈祥的抚摸

在你抚摸过的每一寸土地上

文明滋长,温情滋长,牛羊成群,植物萌蘖,庄稼会有好收获

饱受你喂养的人们因此又叫你母亲——

乃父乃母,一身两兼,你活得辛苦而又孤独

你从来就是一个文明的先行者,你孪生的兄弟——长江,一度沉默在
　　你的辉煌下

你把天火驯服,用来烧炼陶土,土因此变红,又被符以黑色的人面、
　　网纹,和简单的鱼

你把赭色的石头烧炼,石头因此生出黑色的铁,沉重、坚硬

你用铁犁开大地的胸膛,在大地的皮肤里种下五谷的种子,种子发芽
　　和成熟为庄稼的时候,大地的表情丰富,一切都低下谦逊的头颅,
　　感恩于你的哺育

你也会用铁犁开历史的胸膛,在里面栽种下无数人物和故事,悲、欢、

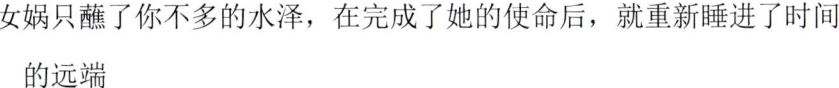

  离、合，兴、亡、更、替

时间被你驱赶着，走出远古的洪荒、中古的战乱、近古
  文明的转变

夸父倒在追赶太阳的路上，倒在你的身边，他没有追上
  太阳，他无法拽住被你驱赶的时间

女娲只蘸了你不多的水泽，在完成了她的使命后，就重新睡进了时间
  的远端

夏、商、周都是你的历史

春秋是你的，战国是你的，秦、汉是你的，三国中有一国是你的，两
  晋中有一晋是你的，南北朝的北朝是你的

隋是你的，唐是你的，五代十国的十国是你的，宋朝的前半身是你的

后来，你就迷失在历史的风烟里了

你逐渐老去，逐渐瘦弱，逐渐淡出了你一度驱赶的时间

在这个沉睡的季节，我站在你的身边，看着你沉默的流

你的表情单一，却为我所望不透

你蜷在白色的雪衣里，不理会这雪衣的斑驳老旧

枯草在你的岸上竖立着，它们的颜色已经被冬天冻得发红

有野火烧过，远近的地面上，是大片黑色的窟窿

你仍在不停地走，不停下你奔流的脚步

在你的河心里，沙洲挺起整壮的排头，白雪覆盖着它们，有鸥鸟在它
  们的头顶飞过，在你的河面上盘旋

我的心思苍茫，耳边响着大提琴沉重低回的声音

我在心里默默地感受着你，说你是油画，色彩这么单纯而明净，说你
  是音乐，旋律这样沉重而低回，那旋律是从你绷紧的琴弦上，被那
  冷硬的风奏出的

你是雕塑,是流动的雕塑,是冷峻而宽厚的雕塑,站在你的岸边,在
　　二月的风里,我感到温暖而又寒冷

【赏析】

　　黄河是中华民族的精神图腾,是中华文化的主要发祥地,是五千年中华文明史的创造者和见证者。历代写黄河的诗多不胜数,古今诗人面对黄河多发思古之幽情,作品风格也多豪放大气、苍凉悲壮。本诗继承民族诗歌书写黄河的精神传统,以参差的长句,沉郁的情怀,融汇黄河流域上下万里的自然风貌和数千年的神话传说、朝代更迭以及生产文明演进,具有浓厚历史悲悯意识,是一首立足当代,对黄河充满人格体察的文明礼赞。

温暖的黄河　摄影/王伟

单永珍

回族，1969年生，宁夏西吉人。中国作家协会会员、中国诗歌学会理事、宁夏诗歌学会副会长。著有诗集《咩咩哞哞》等六部。曾获宁夏文艺奖、《飞天》十年文学奖、《朔方》文学奖等奖项。作品被翻译成英文、阿拉伯文、韩文等。

玛曲：黄河向西

我看到你缓缓倾斜身子
以及面向阿尼玛卿的泪水
让风中的格桑
失声呼喊

那是决绝回望
玛曲草原
一个人疾驰身影
完成一生的转折

【赏析】

《玛曲：黄河向西》是单永珍诗艺尤其是诗语变化的印迹。诗作在气象上依旧承载着诗歌中"西部"这一宏大命题，但在语词上舍弃了早期惯用的神、神谕等，将诗意的光辉与西部气质安放在"人"这一存在主体上，同时，在宏大场景的勾勒中注入了细微又深邃的"人"的情感，使其诗歌有了抵达读者内心的桥梁。诗语决绝洗练，诗境雄浑壮烈，诗情悲悯苍凉，诗思深邃旷远。(马晓雁)

田君

1969年生,河南信阳人。中国作家协会会员、河南省诗歌学会副会长、鲁迅文学院第三十二届中青年作家高级研讨班学员,现任河南省信阳市文学院院长。在《十月》《中国作家》《诗刊》《散文》《红岩》等数十家报刊发表中短篇小说、诗歌、散文、电影文学剧本、报告文学等百余万字,出版个人作品集8部。长篇小说《红二十五军》入选中国作家协会2018年度重点作品扶持项目,长诗《淮河简史》入选中国作家协会2019年度定点深入生活项目。

黄河秋溯

就从这邙山北麓开始吧
就从这目光所及之处打开心灵和记忆
一把刻刀、一支毛笔挥洒的年代
打湿了多少的才子、佳人、风花和雪月
被草写、简写、轻描淡写的你
掺杂着多少的曲笔、冗笔和败笔
清官贪官、纤夫富贾、三教与九流
被你一一收敛、埋葬、化解和还原
像一次次皈依或轮回
你源源不断地涌来,又滚滚不息地流去

像那河套里的宁夏、内蒙古和陕西
又像那壶口、龙门峻险的河谷和石槽
我熟悉你的大起,也了然你的大落
从涓涓溪流,到浊浪滔天
你一路博采众水,威仪天下
高悬于世风之上、民心之中、泥沙之下

黄河，你那粗糙的黄袍取材于黄土高原的颜色

出自任意一个前朝挖穴而居的先民之手

西边水来，东边水去

灌溉过半坡村的田地，舟楫过始皇帝的陶俑

像一根粗大的麻绳，结记着尧、舜、禹

也结记着咸阳、长安、洛阳和汴梁

一部浩渺的长卷

上卷是巴颜喀拉山

中卷是黄土高原

下卷是黄淮海大平原

那泥沙俱下的八百公里下游

壅阻的河道里

沉睡着多少风格迥异的房屋、白骨、史册和良田

那深埋地下的英魂、忠魂、冤魂和惊魂

组成了我们永远都勇往直前的民族魂

就像我们接受了你的无数次改道一样

疾，贯穿前生

苦，通往来世

作为高粱、小麦、大豆和玉米的后代

我们依然一季一季固执地成熟

在你那色泽分明的四季两岸

依然盛开着大朵大朵的乡俗、良心和冷暖

走遍花园口，和待收的庄稼一起

极目雾雨中的河之远

那水天一色,显得多么茫然

【赏析】

　　诗人从邙山北麓"打开心灵和记忆",诉说了自己对黄河的无限感怀。这种感怀是富有思辨的,有质询,有悲悯,更有体认,体认生存的不易,体认精神的强度。在诗人的笔下,黄河的人文面相是斑斓多姿的,也是毁誉纷纭的,黄河所涵盖的文化因子也通过诗人笔下纷至沓来的意象而活泛起来。面对黄河这一难以概括的崇高,难以描述的丰富,诗人甘愿被裹挟进去,坦言自我的茫然,这种收缩主体的抒情姿态无疑是源于诗人的敬畏之心。

就从这邙山的北麓开始吧　摄影/孟宪明

连志军

1969年生,山东利津人。山东省作家协会会员、中国诗歌学会会员。已出版个人诗集《眼神中的河流》,诗合集《九诗人诗选》《十诗人诗选》,主编诗集《黄河抒情诗选》《山东诗典》。

黄河,故乡,涛声

其实,黄河和故乡一样

从我舒展生命的枝丫开始

就扎根了我的地脉

就盘根错节地,渴饮我

灵魂深处的一方水源

听父亲说

我们祖辈就围着黄河转

既享受了黄河赋予的土地和富有

也承受了黄河暴戾的灾害和苦难

据说村后北边的黄河大坝

凌汛时就决过口,差点将祖坟冲没了

后来,祖宗传下来的家业

在老爷爷辈就挥霍完了

幸亏如此,没有被划成地主

使父辈免受游街之苦

打记事起

对黄河的敬畏就渗入骨髓

在贫穷落后的河岸小村，涛声
就自然成了我记忆的启蒙

如果没有涛声
突破夜晚一重一重的黑，很善意地
打开我记忆的天窗
滴落在我洁白无瑕的灵魂深处
我就不会把对故乡的印迹
随时放在枕边
在每一个夜深人静的夜晚
在耳边翻阅起和故乡的距离

【赏析】

  连志军有一个响亮的笔名：河源，可见他与河、与水的血脉相亲。这位从小伴着黄河的波涛长大、多年工作在黄河险工段的诗人，诗行里无疑会有黄河的风沙和波浪，精神风骨里也有更多黄河的坚韧和博大。"黄河"成为超越他"自身故乡"的意象符号，从本质上具有"故乡书写"的情感向度，也熔铸着他半生的艺术求索和价值认同。他把黄河视为"奔跑的土地"，他笔下的黄河，是融合着个性体验、美学追求和社会伦理的"写意黄河"。（启代）

黄河每年将数亿吨泥沙送往渤海，陆地面积越来越大　摄影/侯全亮

唐兀特

1970年生,原名唐荣尧,甘肃省靖远县人。中国作家协会会员、银川市作家协会副主席、银川文学院院长。出版诗集《腾格里之南的幻象》《写给北纬三十八度:时光与脚步》,人文专著《王朝湮灭》《西夏帝国传奇》《王族的背影》《大河远上》《青海之书》《宁夏之书》《贺兰山》《青海湖》《神秘的西夏》等30余部。目前寓居贺兰山下。

花香与流水

一抹山黛,栽进河的眼睛

打捞出三月的双胞胎:寒流与沙尘

河水湿漉漉进山,镜面发白

照见绿洲与寺影迎接柳树发芽

山河搭肩,互称兄弟

别去追究它们,出席的先后——

就像,一篇优美散文的最后一个符号

用感叹号还是句号,并不重要

在匈奴或党项的史册里,马踏花香

淘洗着歉收年份的忧伤和牢骚

宁夏平原,像失宠的皇妃

被忽略的年份,泪水浇灌腰身

无数跨山越河的少年,来此栽植梦想

落地的歌词,是青丝卷走的青春祭台

从咸阳出发的远征军,卸下秦声

在河的肌体上,划开水渠

秋天的细流,送走刀剑的挽歌

稻谷染黄帝国之夜,错把黄金认铜

奉命写作的书生,纶巾失眠

最年轻的那位,从腾格里之南打马而来

以自信和执拗伸出双手——

左是《西夏史》,右是《宁夏之书》

【赏析】

  黄河本身就是一条流淌着诗意的大河。面对黄河,诗人如何表达自己独特的感受,彰显出自己诗作的辨识度,是很重要的。唐兀特的这首诗在语言上就有自己的独特之处。比如,用失宠的妃子来形容农耕和游牧战斗时代处于前沿地带的宁夏平原等,诗人将大史地概念和山河融为一体,对一条有着充沛人文历史的大河给予足够的敬重。

内蒙古三盛公水利枢纽　摄影/孟宪明

熊元善

1970年10月生,湖北公安县人,现为河南省文联文学月刊《奔流》杂志副主编。发表诗歌、散文和随笔300余篇(首),曾获《莽原》诗歌一等奖、优秀奖,"全国云台山散文奖"等。作品入选《读书文摘》《当代诗词精选》《2017年度中国优秀散文诗选》《2018年度中国优秀散文诗选》等多种书刊。

黄河雄鹰

黄河雄鹰蛰伏于崇山峻岭之间

犹如大片大片的风暴

蛰伏于幽深的山谷

幽深的山谷看似平静

其实有着寂静的回声风暴的回声

崇山峻岭看似平静

其实有着雄鹰喘息的回声

鹰翅纵横生长的回声……

黄河雄鹰潜伏于夜的深处

犀利的瞳仁

——两盏灯光漫溢的巨灯

照亮东方宽阔、慈祥的面额

蜿蜒着长城情思的龙的脊骨

照亮黄河扑棱棱的心脏

和她劈山凿石的逶迤的道路

黄河雄鹰盘旋在险峰与云霄之间

锐利的趾爪

有着刀的闪光剑的闪光

护卫一簇簇清香袅绕的水稻

一坡坡舞动热情的红高粱

一顷顷盛开出颜色与芬芳的花朵

护卫大河与土地、乡镇与村庄

展开的柔软而又广阔的睡梦……

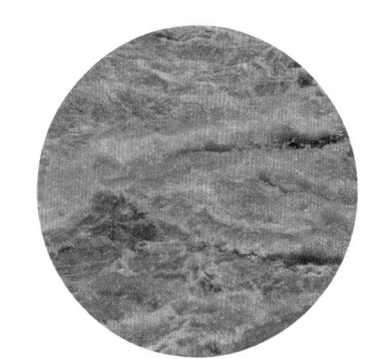

黄河雄鹰在光明与黑夜之间飞翔

宽大、锐利的翅膀

在大地与天空的交接处

咔嚓嚓剪出一条缝隙

这条缝隙叫黎明

——大地的黎明、东方的黎明

漏出细碎的晨阳、滴翠的鸟鸣

漏出啸啸马嘶、激越亢奋的号音

黄河急匆匆奔流向前

与远方受孕

分娩出海……

【赏析】

  黄河,中华民族的摇篮;雄鹰,中华民族的优秀儿女。黄河哺育出勇敢睿智的黄河雄鹰,黄河雄鹰用忠诚胆魄守护黄河母亲。本诗采用象征手法,比喻贴切,诗句形象生动,诗意丰沛盈然。

郭建强

1971年5月生,青海西宁人。中国作家协会会员、青海省作家协会副主席、西宁市作家协会主席、青海法制报总编辑。著有诗集《穿过》《植物园之诗》《昆仑书》,散文随笔集《大道与别径》等。获青海省第六届和第八届文学艺术创作奖,第二届中华优秀出版物奖,《人民文学》2015年度诗歌奖,2017年《文学港》储吉旺文学奖优秀奖,第二届"孙犁散文奖"双年奖。

河源笔记

一

星星
在头顶、眼前、脚下
琉璃石、天青石、珐琅石,透明的、半透明的和不透明的

——星星跳舞
——天上的石头在大地和你的肌肤骨肉摇晃

空气摇晃
大野摇晃
德昂家的帐篷摇晃前生后世

在藏獒亮一声暗一声的吠叫里
青稞酒摇晃

光在摇晃
划亮夜弧度深远的圆圈舞

你穿过蓝色的虚无,满怀跳动的星星

星星击溅,流淌,银色的抛物线降落

二

金色的

红色的

绿色的

黑色的

白色的,还有无色的

星光。

发梢流动

耳廓、眼睛、白齿,黑髭密布的下巴流动

星光在倏忽之间

唤醒你——又带你沉浸更深的睡梦

三

雪山醒了

冰川明亮

一座座雪山是活的

一道道冰川是亮的

创世的一瞬

时时诞生

四

第一滴泪水

从十字金刚杵的多棱凹槽渗出

第二滴泪水

则可从任意之处盈眶涌出

慈悲的势能

来自云端的手姿

冰柱在护持中

更像是那一柄独一的法杖了

也更具人形,一个开始追慕起伏的少女

谁在无形地吮吸

嘴唇翕张,雕刻空气

五

都是第一滴泪水

悬挂在蓝色星球不同侧面的外壁

坐在第一滴泪水里

看见第二滴泪水诞生新的
你和我

我和母亲和儿女
同时坐在第二滴泪水里
等待你来汇合

当曲、卡日曲、约古宗列曲
就是拥抱着的儿女、母亲
你和我

六

泪水
嗒然落地的声音先于泪水

滴，嗒
滴，嗒
这质朴的应答在晶莹寥廓的圣殿
訇然作响，声浪遥远

直到风起又止
单调的节奏改写为舒缓的旋律
直到空寂也能找到自我的明亮形象

七

早就知道你叫扎曲

他叫柯曲
　　　　我叫玛曲

早就知道我们都是玛曲
　　　　都是柯曲
　　　　都是扎曲

星星在眼睛里摇晃着身子唱着歌
在你的他的和我的眼睛里唱着歌

唱着歌叫醒草原
星光从熟睡的人们的身上洒落

从高处来，到远处去
我们是一滴水
我们是一条河

八

看不见的宝瓶还在倾斜
你的手指、毛发、皮肤和小小麻雀一样的心脏
感觉宝瓶还在播洒、倾倒

银河还在向大地倾倒大桶大桶的牛奶
众神在痛饮
群山在痛饮

乳房温热

九

古老的石头的内心藏着更古老的火苗

古老的火苗照见过更古老的木碗、白塔和金轮

河水哗哗响动

在河水里，现在就是追忆

追忆着涨满大弓，射穿横断山脉

追忆着奔涌，直入大海

【注释】

  黄河发源于巴颜喀拉山北麓各姿各雅山下的卡日曲河谷和约古宗列盆地，分南北二源。两地海拔约在4600米至4800多米之间。

【赏析】

  《河源笔记》是诗人在黄河之源跃动的沉思，是河源与诗人在沉思中相互的"唤醒"。河源之上的"创世"，是神"叫醒"草原和人类时的神人共在。诗人在精神探求中将人之精魂或隐于水滴之微，或悬于星辰之畔，去求索人之灵的所在。在河源之地，"时间"诞生，它的经典形态是静止的，于是"信仰"生于"金刚杵"与"宝瓶"里，生于灵肉互视的生命的渴饮里。诗笔既贴于人的"耳廓"与"白齿"，又飞升到旷远的宇宙，顾盼"都是第一滴泪水／悬挂在蓝色星球不同侧面的外壁"，如神视般俯瞰黄河阈中人类的行迹。诗人赋予静谧河源于生命的潜滋暗长，而河源即是万物声响的回音壁。（冯晓燕）

高亚斌

1973年生,甘肃静宁人,文学博士。有散文、诗歌发表于《中国诗歌》《星星》《诗潮》《诗林》《诗选刊》《草堂》《常青藤》《诗天空》等刊物,部分入选《中国诗歌年选》《中国年度优秀诗歌》《新诗百年经典》《21世纪世界华人诗歌精选》《中国当代诗库》《百年新诗网络诗典》等各种选本。

与黄河相遇

其一

我想我是卑微的
比一块石头更为缄默
你用浩大的思想淹没我

但我存在,并且希望
紧紧握住自己坚硬的部分
我要紧贴你的呼吸
倾听你的胸腔
有力的扩张

在灿烂无比的日子里
我跟你并排站着
一块没有名姓的石头
跟一条叫作黄河的河流
在岁月中并排站着

其二

看一棵柳树,它在黄河边
从一个少女
站成古老风景
在它的眼里,烟花三月
已是芦苇秋霜
孩子手中的风筝线
变成老翁手里的垂钓

我站着,感到自己身体里
挺拔的骨头正成为
沉重的石头

其三

河水清的时候我来到这里
河水浊的时候我来到这里

活在世事里不免这样
有的时候濯足
有的时候濯缨

怎样都可以
我不过是一个暂时的冥想者
小的时候是一块卵石
大的时候是一座青山

【赏析】

诗人生活在兰州,一座黄河穿越而过的城市。河水汤汤,没有止息,不仅流荡着浩渺不断的情思,它还是诗人思想的外在形式,传递和绵延着人的思考。诗人不但在生活中与黄河相遇,而且在更加深邃浩远的意义上,与古老的文化、深厚的历史与传统相遇。尤为重要的是,诗人在与黄河的相互注目下汲取了生活的意义,在平庸的生活中获取了精神的超脱。(唐诗)

兰州黄河桥夜景　摄影/王伟

王琪

1973年生,陕西华阴人,现居西安。中国作家协会会员,入选陕西"百优人才"。出版诗集《远去的罗敷河》《落在低处》《秦地之东》等。

黄河,流经沙坡头

水车在左,羊皮筏子在右
如果你愿意登上高处俯瞰,黄河无疑与我无比亲近

一条寓意深刻的河流,从北中国版图流过春秋、日月
到沙坡头地界,缓慢、清澈、妖娆起来

历史的遗痕在此趋于丰富
仿佛一场人生的盛宴,一次不羁之旅中的艳遇

绿洲与沙漠碰撞,碰出文明与底蕴
一对驼铃载着幽幽孤鸣,进入王维"大漠孤烟直,长河落日圆"的诗句

果园飘香,枸杞鲜红,头披纱巾的妹妹面容羞涩
站在水洞沟边,唱着情歌,满怀期待的哥哥,从栗树镇连夜归来

一阵薰风吹过草丛,一枚柳叶滑过沙脊
一双做过米黄子和糖酥馍、牛舌头饼的素手,弹奏人间的幸福之曲

假若这宛如幻境的春天不再发生

沙坡头此刻迎接我的，绝不只是舟楫、湿地、庄园，和文字模糊的一
　　尊碑石

【赏析】

　　这首诗以宁夏沙坡头段的黄河为背景，用独特的视角，采取动静结合、古今相映、虚实相生的手法，再现了黄河雄浑豪迈、一往无前的奔腾之气，展示了黄河两岸富丽景象和人们对幸福生活的渴望。整首诗虽然篇幅不长，但有情、有景、有人，既张扬又内敛，既有情感上的丰富想象，又极具文本上的美学意蕴。

黄河岸边的工厂　摄影/孟宪明

段新强

1973年生,河南省栾川县人。中国作家协会会员、洛阳市作家协会副主席。出版诗集、评论集4部,曾获第三届宝石文学奖新人奖、2016年度《文苑春秋》文学奖等。

看黄河

最好是一个人
就像黄河独自在大地上唱着九十九道弯

最好徒步
让灵魂也荡起厚厚的黄尘

最好让日头把脊背碾压得干裂
然后浇上一瓢汤药般的黄河水

最好迎着顺河风的大巴掌把骨头拍疼
扯一把茅草与塬上的亲人相认

最好跟着一朵浪花再不回头
把滞涩的泥沙甩在身后像甩下一个故事一段光阴

最好踩着黄河的心跳永不停步
走着走着就把自己挥洒成了960万平方公里土地上的一把热泪

【赏析】

　　黄河是炎黄子孙的母亲河,作为炎黄的后代,"看黄河"的过程就成了一种朝圣之旅,具有寻根溯源和展望未来的双重意义。这首诗用简练的语言,以独特的生命体验,刻画出了黄河母亲的豪迈与艰辛,勾勒出了个人与整个民族的曲折命运。

刘家峡　摄影/王伟

马累

1973年生,原名张东,山东淄博人。参加《诗刊》社第二十七届青春诗会。曾获《人民文学》诗歌奖、《诗神》诗歌奖、中国红高粱诗歌奖、山东文学奖等。认为诗歌首先要干净、安静,其次要表达出内心的爱与罪愆。

黄河口的秋天

我突然明白,黄河口
寂寥的秋天并不是
为人类准备的。
整个北方,宏大的孤寂,
也不是。

十二月七日在东营,
与杨键、庞培、张维等
谈论文脉与传承。
我想说,人类面临的
将是系统性、整体性的灾难,
只能由道德来解决。

总是每年农历三月的傍晚,
成群的黄河刀鱼从大海中
逆流而上、游如飞梭,
像那些追求真理的人
迷失在真理深处。

我想要的生活是：安静于
时光流逝时的惊慌。
我能想到的
最好的时光是：强弩之末。
作为一个道德主义者，
我不需要以反道德的形式
让人铭记。

我钟情旧山水，
也寄寓江湖扁舟上
孤单的故人。
悲哀的性质是不同的，
大风穿越更远的山峰，
我想要的，永远是瞬间。

【赏析】

　　诗人对于时光的流逝有着与众不同的伤感，像陈子昂在高台之上，"念天地之悠悠，独怆然而涕下"，至于泪下的，我想绝不仅仅是对时光的流逝，一定也有其他的原因，这正是那几位诗人在一起讨论到的"文脉与传承"。那些"灾难"我们感受到了，道德有足够的力量吗？这很难说，反道德的力量又是什么？诗人和我们都无法解释，最后只能寄情于旧山水，或者像那些逆流而上的刀鱼，在追求真理的过程中继续迷失。两种生活，只能择其一。凡追求者，没有不迷失的，忧天下是诗人所固有的品质。幸好，诗人还有更大的视野，超越于人类之上的"整个北方，宏大的孤寂"，也不是为人类准备的。所以，这是一首足够优秀的诗，因其有内在动人的思想。(杜立明)

梦野

1974年10月生,陕北神木人。中国作家协会会员、全国青年作家创作会议代表,两届柳青文学奖获得者。在《人民日报》《光明日报》《人民文学》《诗刊》《十月》等报刊、杂志上发表大量作品,作品曾入选中国作家协会多部年度诗选。

黄河

你是体内最大的基因
一流淌　华夏儿女的皮肤
都成了一色

你清洗过的方言
从远古一跃而起
满腹的心事
在亿万朝圣者口中
滔滔而下

怀想你
只一眼
清澈的目光　为你提速
在历史深处无限奔涌

【赏析】

　　此诗虽短,但意味深长。第一节将浩荡的黄河,比作基因,写出华夏儿女深受黄河水滋养。第二节从"方言"入手,让天南地北的人一下鲜活了起来,很有历史的纵深感。第三节更是深入的表达,现实交织历史,实现了人与诗的融合和印证。

侯公涛

1974年生,河南商丘人,现任商丘市互联网信息办公室主任。中国诗歌学会会员、中国辞赋家协会会员、河南省作家协会会员、河南省诗词楹联协会会员、商丘市诗词协会副会长。发表诗歌、散文、新闻作品1500多篇(首),编辑出版《见证商丘》《李学生》等著作。多次参加全国性征文赛,数十次获奖,获奖作品被收录公开发行的多种选集。

水润古城

我说的是黄河在转弯时

遗落的最后一道水,在豫东平原上

驮着人间最美的夕阳

和归德古城

停止了涌动的大潮,鸣声上下

草木荫翳。这八千亩的黄河水

落脚于古城南门

闪着光泽,也是从天上来的

但我醉后不知天在水

它放下身段,藏起惊涛

以无欲无求的淡定

护佑一隅。内里密布着苍穹的

星辰,亿万斯年

暗淡了刀光剑影

远去了鼓角铮鸣

但还有泥鳅、鲤鱼、绒蟹

河蚌在豪横狂醉

河蚌争与不争

我只携铁板琵琶唱大风

十万里河水婉转而来又婉转而去

感念于一体一瞬

我惊叹于水润的古城拥有古城的气息

一些事物离开了

一些事物又新生了

但那盘棋子还在下

摆于龟背上

推来推去,我遥想古老的推背图

和燧皇陵上的火

阏伯台上的星,商车上的牛铃

怎能述说尽呢

圣人一路论语子曰

周游列国,其初心永恒

梦蝶人大手一挥

于濠梁独酌,观鱼之乐

梦蝶人不是鱼怎知鱼之乐

我听见那呻吟的细语

真的是一片国土的福音

我看见一个人上书,立朝善政

居乡善俗。不想说了,不说

八关斋里的颜鲁瘦笔

不说张巡祠里的

沙场秋点兵,马匹嘶鸣

不说司马、枚乘

游赏的三百里梁苑

也是李白的久恋之家

不说小小归德十侍郎

六公子、五野老、四尚书

这些典籍里的人隐隐迢迢

他们思索着水利万物。和人类存在的意义

探寻中国哲学的神韵

应天书院的灯扑闪着

壮悔堂的灯也在扑闪

夜越发寂静了。我依于这无限广大的水

是黄河的水啊茫然四顾

天地皆安澜。这座水上之城

正从时光的水面浮出

如铜钱，巨大的

外圆内方。我也称它为方圆有道

百花在周围弥漫着芬芳

【注释】

归德古城，即位于河南省商丘市睢阳区的商丘古城，已有四千多年历史，是当今世界上现存的唯一一座集八卦城、水中城、城摞城三位一体的大型古城遗址。

【赏析】

水，是一座城市的灵魂，正是因为黄河水的滋润，才有了文脉不断的归德古城和生生不息的人间烟火气。在诗人眼中，从天上来的黄河水，因眷顾这豫东平原的一方胜景，而在这里藏起惊涛，护佑一隅。从此，古城有了灵性。醉眼朦胧之中，诗人仿佛站到了那个摆在龟背上的棋盘旁，看那些隐隐迢迢的下棋人一边细语吟吟指点江山，一边思索着水善利万物而不争的人间大善，任应天书院和壮悔堂的灯兀自扑闪着……让读者在品味诗句的同时，领悟穿越岁月的诗化境界。(李月超)

樊瑛

1982年生,陕西省榆林市横山区人。陕西省作家协会会员、陕西省青年文学协会会员。论文、散文、诗歌散见于《诗刊》《延河》《延安文学》《陕北》等报纸、杂志以及网络媒体,有作品入选《新诗百年·中国当代诗人佳作选》《长安风诗歌十人选》《菩提花开》。曾获2014年文化创新工作先进个人称号。

一帘挂面

黄河边上的农家小院里

面膛黝黑的陕北汉子在阳光下挂起几杆面条

力道均匀地向下拉直　拉直

手脚麻利的陕北婆姨

半蹲着身子

娴熟地把那些如同她一样柔韧的面条

再拉直　固定

一杆挂面就在这一挑三拉中成型

一个挑起生活

一个拉顺日子

无言的默契

风干了所有的甜言蜜语

阳光里晾晒的一帘柴米油盐

默默地惊艳了多少时光

黄河岸边的农家小院里

炊烟盈盈着芳华

清水煮沸的生活

在一碗挂面里顺滑到极致

人间有味是清欢
一根挂面拉紧岁月的弦
奏出了多少动人的音乐
无关风花无关雪月

我从黄河岸边走过
拨开那晾晒在阳光里的一帘挂面
在琉璃蓝天下
只想给生活浅煮一碗简单
或在故乡或在他乡

【赏析】

　　樊瑛的《一帘挂面》以黄河岸边一个普通的农家小院为捕捉点,把劳动人民质朴的日常生活放大到读者的瞳仁里,把黄河岸边祖祖辈辈那简单而不失忠贞,平凡而不乏幸福的爱情表现得淋漓尽致。爱情在黄河岸边不是浓浓烈烈、卿卿我我,而是朝朝暮暮,心照不宣,更是一生无字的诺言:你守着黄河,我守着你!

马晓康

1992年生，祖籍山东东平，中国作家协会会员。出版诗集《纸片人》《还魂记》《逃亡记》《晏子》《孙子》等，主编《中国首部90后诗选》，诗作曾被译为英文、韩文、阿拉伯文等。曾获《诗选刊》2015年度优秀诗人奖、第四届中国当代诗歌奖诗集奖、2017韩国雪原文学奖海外特别奖等。《晏子》获"2018年度十佳华语诗集"奖、第四届中国长诗奖，《孙子》获2020第六届中国诗歌春晚"十佳诗集"奖。

黄 河

我的祖辈生在这里

我的祖辈埋在这里

我也生在这里

我也将会死在这里

一代代人的追随和崇拜

成了河床下的淤泥

只有跟着你走

在泥沙中不断打磨

灵魂才能以最后的纯洁入海

无论远走或回归

它不断地冲刷着人们的信仰

我无意去沾染这颜色

此生只是在这里不经意的路过

急速奔流的清水

难道再也甩不掉翻滚的黄沙

只有跟着你走

在泥沙中不断打磨

灵魂才能以最后的纯洁入海

某日，大水从天而降

洗净一切的污秽

看着人们奔走、耕作、收获

那么多人走进去

那么多人又走上来

生生死死都是你的肤色

难道只有跟着你走

在泥沙中不断打磨

灵魂才能以最后的纯洁入海

【赏析】

  马晓康的诗歌呈现着独有的书写表情，展现出年轻一代诗人可贵的忧患情怀。他在诗中不断地追问，在"我"与"黄河"彼此交融的历史体验中，感悟黄河的悲愤沉郁和亘古天道，而"只有跟着你走／在泥沙中不断打磨／灵魂才能以最后的纯洁入海"的反复咏叹，彰显出诗人对人性高洁和精神高贵的追求，也体现出诗人对现实磨难的正视和超越。在艺术表达上，马晓康的诗句凝聚着哲思的亮光和物我合一的美学趣味，其在时间、空间、客观和主体层面上浑然天成的生命体验，让他的诗行承载着悠远的历史叙事和现实梦想，具有空阔的审美视域。（李耳）

王小土

1999年9月生,本名王鹏,陕西神木人。现为在校大学生,陕西诗歌杂志编辑。获第十届中国校园"双十佳"诗歌奖。

像黄河一样活着

他的古渡口目送着他的离别
纤夫和他那老旧的木船划过第九十九道弯
夕阳卷起孤烟在他的腹地

人世且长,你度过多少岁月为你的方向
你可知这细微的脉络汇聚且缝制出亘古文明

活着就要像黄河一样
漫长的一生里怀抱泥土
只为一次相拥大海浩浩汤汤

活着就要像黄河一样
雨季一来,你便沸腾
就像是在激烈的抒情过后
也不能最为彻底的释怀

住在黄河畔的老人常说
"从哪里生出就到何处迟暮"
一些浑浊的日夜早已突破伏动自身

黄河从黄河处流走,你也如此

迟早羊皮筏子和那天边的云彩要载着你回来

【赏析】

  王小土的这首诗颇具张力,将黄河与一个人的一生串联起来,不仅能让人感受到黄河近在咫尺的画面,也能让人想到活着的人。千百年来,黄河在这块神圣的土地上执着地流淌着,激情地奔涌着,像是远行却又从未离开过。人的一生就像黄河一样,会漂流远行,会有跌宕起伏的经历,最终通过岁月的积淀和内心的坚持,不断奔赴前行。从离开到回归,他这一生经历过风雨,也经历过辉煌,"从哪里生出就到何处迟暮",黄河就像老纤夫和他的船一样让人刻骨铭心,他流进你的心里时刻牵动着你。像黄河一样活着,给人一种沧桑感,其实更能体现出"黄河"在人们内心里的意义。

活着就要像黄河一样　摄影/王伟